Über dieses Buch

Hier erzählt ein Rentner von Gespenstern dreiste Lügengeschichten, die beinahe Wirklichkeit werden; junge Leute wollen nachts Dschinne jagen; Kaffeehäuser und Moscheen, historische Höhlengräber und Marktplätze sind die Orte des Geschehens, Komödianten und Ärzte, biblische Gestalten und heutige Bürger die Personen.

Im Mittelpunkt stehen die Dschinne, arabische Gespenster, wie sie uns schon in den Märchen aus 1001 Nacht begegnen. Sie verwandeln sich beliebig – in Schlangen, Katzen, Kamele oder zahlreiche andere Tiere, leben unter der Erde und lieben das Feuer, aus dem Allah sie schuf. Schon Muhammad übernahm sie aus älteren Überlieferungen und widmete den Dschinnen eine Sure im Koran.

Diese Geschichten sind ungemein faszinierend und spannend. Gleichzeitig geben sie einen informativen, eindrucksvollen Querschnitt durch die arabische Literatur, von Quellen der Volksliteratur bis zu moderneren Erzählern.

Die Herausgeber

Ursula Assaf-Nowak, geboren 1939 in Duisburg, studierte Germanistik, Romanistik und Islamkunde in Paris und Freiburg und promovierte über arabische Volksliteratur; sie ist als Dozentin am Goethe-Institut tätig und lebt in Jounieh, Libanon.
Veröffentlichungen: ›Arabische Märchen aus dem Morgenland‹ (Fischer Taschenbuch Verlag, Bd. 1987); ›Arabische Märchen aus Nordafrika‹ (Fischer Taschenbuch Verlag, Bd. 2802); ›Märchen aus dem Libanon‹.

Yussuf Assaf, geboren 1938 in Yahchouche, Libanon, studierte Religionswissenschaft an der französischen Universität in Beirut und in Straßburg und befaßte sich in seiner Dissertation mit einer vergleichenden Studie zwischen Christentum und Islam; Lehrtätigkeit an der Universität Freiburg und an der Deutschen Schule in Beirut, zur Zeit am Goethe-Institut, Beirut, tätig.
Veröffentlichungen: ›Saufa naltaqi, Ich bin ein singender Vogel‹; ›Am Ufer des Adonis‹; ›Die Tränen der Astarte‹.

Arabische
Gespenstergeschichten

Herausgegeben von
Ursula und Yussuf Assaf-Nowak

Fischer Taschenbuch Verlag

Originalausgabe
Fischer Taschenbuch Verlag
November 1980

Umschlagentwurf: Endrikat + Wenn

Fischer Taschenbuch Verlag GmbH, Frankfurt am Main
© Fischer Taschenbuch Verlag GmbH, Frankfurt am Main, 1980
Gesamtherstellung: Hanseatische Druckanstalt GmbH, Hamburg
Printed in Germany
580-ISBN-3-596-22826-3

Inhalt

Vorwort 7

ÄGYPTEN
Der Geist der Mutter Chalil 11
(Mahmud Taimur)

LIBANON
Die Geister von Yabrud 24
(Volksliteratur)

MAROKKO
Ein seltsames Abenteuer in der Kasbah der Oudaia 37
(J. Renaud und T. Essafi)

ALGERIEN
Tergou 42
(Volksliteratur)

SYRIEN
Die Taube der Moschee 45
(Abdassalam Udscheili)

IRAK
Die Qarina 60
(Volksliteratur)

ÄGYPTEN
Wenn wir mit Geistern leben 63
(Mahmud Taimur)

ALGERIEN
Der Blinde und seine Mandoline 71
(Volksliteratur)

SYRIEN
Sarab 73
(Colette Suhail Khuri)

ALGERIEN
Eine weiße Frau 78
(Volksliteratur)

MAROKKO
Die smaragdgrüne Zauberin 80
(J. Renaud und T. Essafi)

MAROKKO
Die Frau und ihre schwarze Katze 89
(Volksliteratur)

SYRIEN
Die Frösche 91
(Abdassalam Udscheili)

ALGERIEN
Ich falle 101
(Volksliteratur)

ÄGYPTEN
Jonas 105
(Abd al-Ghaffar Mikkawi)

SYRIEN
Hind, die Mahlende 113
(Volksliteratur)

ÄGYPTEN
Die Mühle 114
(Mahmud al-Badawi)

MAROKKO
Der Lehrer der Dschinne 120
(Volksliteratur)

MAROKKO
Wandernde Komödianten 121
(J. Renaud und T. Essafi)

ÄGYPTEN
Das Geheimnis der Pyramide 125
(Volksliteratur)

LIBANON
Der Totengräber 127
(Chalil Gibran)

ANHANG

Bibliographie 133

Quellennachweis 134

Vorwort

Als Allah den Urvater der Dschinne erschaffen hatte, forderte er ihn auf, sich etwas zu wünschen. Da sagte der Dschinn: »Ich wünsche, weder gesehen zu werden, noch zu sehen, die Fähigkeit zu besitzen, mich in die Erde zurückzuziehen, und wenn ich ein Greis bin, wieder jung zu werden.« Allah zeichnete ihn und seine Nachkommen mit diesen Eigenschaften aus. Adam und seiner Nachkommenschaft gab er zum Ausgleich die List.

So berichtet die islamische Tradition von der Erschaffung der Geister, die im Arabischen Dschinne genannt werden, was soviel wie »Verborgene« bedeutet. Die Furcht vor den Dschinnen und ihrem verderblichen Tun beherrscht den volkstümlichen Glauben aller islamischen Völker, und sie spielen eine große Rolle in der arabischen Literatur – insbesondere der Volksliteratur, aber auch in der Offenbarung Muhammads.

Die Dschinne sind nicht erst ein Geschöpf des Islam, sondern vom Propheten nur übernommen und islamisiert worden. Bereits in vorislamischer Zeit stellten sich die Araber die Welt von den Dschinnen bevölkert vor. Sie glaubten, daß sie in der Wüste und in allen unbewohnten Gegenden hausten. Im Koran wirft Muhammad den Mekkanern vor, Allah die Dschinne als göttliche Wesen beigesellt und sie angebetet zu haben[1], was für den streng monotheistischen Islam das schwerste Verbrechen ist.

Muhammad zieht in seiner Offenbarung nicht gegen den Glauben an die Dschinne zu Felde. Doch in der Koransure, die er ihnen widmet[2], betont er, daß sie Geschöpfe Allahs sind, die er aus dem Feuer erschaffen hat. Als sie die Gebote ihrer Propheten mißachteten, schickte Allah eine Armee Engel auf die Erde, die die Dschinne bis an die Enden der Welt vertrieben. Zur Zeit der Islamisierung sollen sie in die bewohnte Welt zurückgekehrt sein. Ein Teil von ihnen konvertierte zum Islam, und diese Geister sind in der Regel wohlwollend und hilfsbereit; diejenigen aber, die es ablehnten, sich zum Islam zu bekehren, sind böswillige Geister, die Schaden anrichten.

Da Allah die Dschinne aus Feuer schuf, leben sie gern in diesem

[1] s. Koran 34,32; 72,6; 6,128
[2] Sure 72

7

Element. Ihr Hauptsitz ist jedoch unter der Erde, und die Zugänge zur Unterwelt wie Quellen, Brunnen, Höhlen und Ruinen gelten daher als besonders heimgesuchte Orte. Auch die Bäume, deren Wurzel in die Erde dringen, werden häufig von Dschinnen aufgesucht. Ferner halten sie sich an allen unbewohnten und selten begangenen Orten auf wie an Feldwegen, in alten, verfallenen Häusern und auf Friedhöfen. In Ägypten glaubt man, daß die Pyramiden von Dschinnen bewohnt werden[1]. Ihr Unwesen treiben sie vor allem nachts; beim Erscheinen des Morgensterns oder beim Ruf zum ersten Gebet verschwinden sie.

Ihre Gestalt können die Dschinne beliebig ändern. Sie nehmen die verschiedensten Formen an und treten als Hunde, Katzen, Esel, Hähne, Affen, Kamele, Eulen oder Raben auf. Am häufigsten erscheinen sie als Schlangen. Die islamische Tradition berichtet von einer Schlacht zwischen gläubigen und ungläubigen Dschinnen. Die gläubigen Dschinne hatten sich bei einem Araberstamm Waffen ausgeliehen, und sie waren in nichts von Menschen zu unterscheiden gewesen. Doch am anderen Morgen fand man auf dem Schlachtfeld zahlreiche tote und verletzte Schlangen.

Wenn sie als Menschen auftreten, sind sie oft an einem Esels- oder Ziegenfuß erkenntlich, den sie zu verstecken suchen.

Das Wirken der Dschinne ist meistens verderblich – es sei denn, daß sie jemandem ihre Dankbarkeit zeigen und ihn etwa mit Holzkohlen oder Orangenschalen belohnen, die am Morgen zu Gold werden. Die allgemeinste Wirkung bösgesinnter Geister ist die, daß sie Furcht einjagen. Sie fahren in den Menschen hinein und bewirken die verschiedensten Krankheiten. Sie werden als Überbringer von Epilepsie, Lähmungen, Tobsuchtsanfällen und Epidemien angesehen. Auch heftige Gefühle wie Leidenschaft, Haß und Neid sind Dschinnwerk. Ein von Eifersucht Besessener überträgt durch den »bösen Blick« Krankheit und Tod auf das Objekt seiner Eifersucht.

Eine weitere unliebsame Eigenschaft der Dschinne ist die, daß sie stehlen, z. B. Eßwaren aus der Speisekammer. Aber nicht nur auf Dinge haben sie es abgesehen; sie entführen Mädchen, junge Frauen und Männer, mit denen sie geschlechtliche Beziehungen unterhalten.

Gegen dies schädliche Wirken der Dschinne kann man sich

---

[1] vgl. »Das Geheimnis der Pyramide«

vorbeugend schützen. Prophylaktika sind Amulette, auf die bestimmte Koranstellen oder die Namen Allahs, des Propheten oder der Engel geschrieben sind. Vor allem Kinder sind meist über und über damit behangen. Andere Schutzmittel sind Rauch, Eisen oder Stahl und Salz. Allein durch die Nennung dieser Materialien oder durch das Entgegenhalten eines Gegenstands aus diesem Material kann man die Geister in die Flucht schlagen. Alle Neuerungen wie Autos oder Telefondrähte sind den Dschinnen verhaßt[1], und so kommt es, daß sie aus unseren modernen Städten verschwunden sind.

Da die Dschinne Salz fürchten, findet man bei Nordafrikanern die Sitte, daß sie etwas Salz unter das Kopfkissen streuen, um in der Nacht nicht von ihnen heimgesucht zu werden. Auch in ihren Taschen – oder in ein Amulett eingenäht – tragen sie stets etwas Salz bei sich.

Bevor man ein neues Haus bezieht, eine neue Maschine in Gebrauch nimmt oder die Ernte einholt, werden den Dschinnen Opfer gebracht, wie Fleisch von Ochsen, Schafen und Hühnern oder Brot. Alle Opfergaben müssen allerdings ohne Salz zubereitet werden. In Palästina streicht man statt dessen Blut an die Wände von Häusern und Tempeln.

Als Abwehrmaßnahmen gegen von Dschinnen verursachte Krankheiten helfen Beschwörung oder Exorzismus durch Magier. Es wird von Muhammad berichtet, daß eines Tages eine Frau zu ihm kam, deren Sohn besessen war. Der Prophet legte seine Hand auf die Brust des Jungen, und das Kind erbrach ein kleines Tier, das flugs davonrannte. Wie Muhammad besaß auch Salomon Macht über die Dschinne. Mit seinem Ring gebot er über Geister, Tiere und Winde.

Die Geistervorstellungen, wie wir sie heute im arabisch/islamischen Raum finden, sind nicht nur das Resultat des von Muhammad legitimierten arabischen Dschinnglaubens; sie enthalten darüber hinaus regionale Prägungen verschiedener vorislamischer Kulturen wie der altägyptischen, der altbabylonischen oder der altberberischen. Es würde hier zu weit führen, die verschiedenen Einflüsse aufzuzeigen. Zum besseren Verständnis der vorliegenden Erzählungen soll nur darauf hingewiesen werden, daß die altägyptische Vorstellung von den Totengeistern in den Dschinnglauben eingegangen ist. Daher kommen vor allem aus Ägypten und Nordafrika zahlreiche Gespenstergeschichten

---

[1] vgl. die Geschichte »Ein seltsames Abenteuer in der Kasbah der Oudaia«

von Menschen, die tragisch ums Leben gekommen sind und als weiße Gestalten in der Nähe ihres Todesortes umherirren[1].

Auf regionalen Einfluß ist auch die unterschiedliche Namensgebung zurückzuführen. In manchen Geschichten werden die kollektiven Dschinne durch individuelle Geister wie die algerische Tergou, die Qarina oder die smaragdgrüne Zauberin aus Marokko ersetzt.

Wir hoffen, daß die vorliegenden Geschichten aus vielen Ländern der arabischen Welt den Lesern die Dschinne, denen sie in den Erzählungen von Tausendundeiner Nacht bereits begegnet sind, auf unterhaltsame und spannende Weise näherbringen.

Ursula und Yussuf Assaf-Nowak

---

[1] vgl. die Geschichten: »Der Geist der Mutter Chalil«, »Ein seltsames Abenteuer«, »Eine weiße Frau«, »Die Mühle«, »Wandernde Komödianten«.

Der Geist der Mutter Chalil

Scha'ban Effendi al-Jamal war mehr als dreißig Jahre lang als
Angestellter bei Saad-Allah Bey tätig gewesen. Sein Alter hatte
ihn schließlich gezwungen, zu kündigen, was er ohne großes
Bedauern tat. Aber er hatte es sich in den Kopf gesetzt, daß er
verpflichtet sei, täglich an seinem Arbeitsplatz zu erscheinen,
solange er aus der Kasse seines ehemaligen Chefs seine Rente
bezog. Da er dort eigentlich nichts mehr zu tun hatte, begnügte
er sich mit der Gesellschaft Onkel Saids[1], des Pförtners, und
überließ seine früheren Kollegen ihrer Arbeit.
Wenn schlechtes Wetter wütete, verließ er die Portiersloge den
ganzen Tag nicht; wenn aber die Sonne schien, dann setzte er sich
mit dem Pförtner vor die Tür ins Freie. Da nahm er dann eine
lässige Haltung an, vertrieb sich von Zeit zu Zeit mit Hilfe eines
Fächers die Fliegen und glich den Leuten, die – sich als Heilige
ausgebend – an den Eingängen der Moscheen sitzen und an den
Gräbern der Walis und darauf warten, daß die Besucher an ihnen
ihre Mildtätigkeit beweisen. Die meiste Zeit des Tages verbrachte er im Halbschlaf, auf seinem Platz vor sich hinträumend,
während Onkel Said die seltenen Momente wahrnahm, in denen
Scha'ban erwachte, um ihm seine eintönigen und abgestandenen
Geschichten über einen gottesfürchtigen Lebenswandel und
über das Maß der Glückseligkeit der Gläubigen in der anderen
Welt zu erzählen. Scha'ban Effendi verabscheute insgeheim diese
Art von Unterhaltung und hörte nur mit Widerwillen zu, denn
er selbst war keineswegs gottesfürchtig. Schon seit langer Zeit
verrichtete er die Pflichtgebete nicht mehr, und auch das Fasten-
gebot beachtete er nicht; außerdem hatte er eine Vorliebe für den
Wein, was aber nur der Inhaber der Bar wußte, die seinem Haus
gegenüberlag.
Eines Tages geschah es, daß Onkel Said das Thema seiner
Unterhaltung unversehens wechselte und mit außergewöhn-
lichem Einsatz eine spannende Geschichte erzählte, in der die
Rede von einem Haus war, das von Geistern bewohnt wurde,
die durch ihr Erscheinen die Bewohner vertrieben hatten. Diese

[1] Im arabischen Sprachraum werden Freunde und Bekannte mit familiären Titeln
wie »Onkel«, »Tante«, »Bruder« oder »Schwester« bezeichnet.

Geschichte war ihm von jemandem mitgeteilt worden, der während des Gebetes in der Moschee neben ihm gekniet hatte.

Als er seinen Bericht beendet hatte, fragte er Scha'ban Effendi: »Hast du je in deinem Leben den Geist eines Toten zurückkommen sehen, Effendi?«

Scha'ban Effendi zögerte, denn er schwankte zwischen zwei möglichen Antworten: sollte er die Wahrheit sagen und zugeben, daß er auch nicht den geringsten Schatten eines aus dem Totenreich Kommenden erblickt hatte, oder sollte er lügen und sich damit brüsten, Geister Verstorbener gesehen zu haben? Schließlich entschied er sich für die Lüge und behauptete gewichtig: »Aber ja, Onkel Said, ich habe sie schon oft gesehen, und auch jetzt noch erscheinen sie mir häufig!« Onkel Said erhob sich vor lauter Überraschung von seinem Stuhl; beeindruckt von dieser Antwort, die ihm Schauer und Ehrfurcht einflößte, blieb er vor Scha'ban Effendi stehen.

Er schloß seine Augen, während seine langen schmalen Hände sich kreuzten, und sagte: »Aber du hast mir niemals etwas davon erzählt, Effendi!«

Scha'ban Effendi richtete sich gewichtig in seinem Sessel auf, in dem er allmählich nach vorne geglitten war, und entgegnete herablassend: »Warum sollte ich dich mit solchen Geschichten beunruhigen, Onkel Said! Außerdem gehören sie zu meinen tiefsten Geheimnissen.«

Einen Augenblick lang schwieg der Pförtner, dann wollte er wissen: »Siehst du sie in der Nacht?«

»Ich sehe sie niemals tagsüber«, antwortete Scha'ban.

»Sprichst du mit ihnen?«

»Manchmal.«

»Hast du keine Angst vor ihnen?«

»Niemals!«

»Wie mutig du bist, Effendi!«

Scha'ban hustete selbstgefällig, dann neigte er sich zu dem Pförtner und flüsterte ihm ins Ohr: »Mein Blut hat einen starken Geruch, Onkel Said, und derjenige, dessen Blut einen starken Geruch hat, kann Geistern und Gespenstern ohne Furcht begegnen.«

»Bei Allah, erzähl mir ein Abenteuer, das dir mit ihnen passiert ist«, drängte der Pförtner.

Die unerwartete Bitte zwang Scha'ban Effendi, auf seine blühende Phantasie zurückzugreifen und eine Gespenstergeschichte zu erfinden, aus der er als Held hervorging. Er ging dabei von einer alltäglichen Begebenheit aus, die er zu einer abenteuerlichen Erzählung ausspann, die in den Augen des Pförtners sensationell war. Nachdem er mit Aufmerksamkeit zugehört hatte, verbreitete er die Geschichte unter seinen Kameraden.

Von da an war Scha'ban Effendi überall bekannt für seine Begegnungen mit Geistern, bei denen er furchtlos und mutig war, wie es seine Geschichten bewiesen, die er nun allerorts zum besten gab. Diese Lügengeschichten bereitete er vor, wie ein Professor oder Referent seine Vorlesungen oder Reden vorbereitet. Seine Sitzungen vor dem Hause des Saad-Allah Bey wurden zu einem bekannten und vielbesuchten Kreis, ähnlich den Kreisen, in denen litaneienartige Lieder oder Erzählungen vorgetragen werden.

Scha'ban Effendi fehlte es nie an Stoff, denn er hörte von seiner alten Haushälterin, der Mutter Chalil, zahllose Spuk- und Gespenstergeschichten, die sie in ihrer Erinnerung aufbewahrte. Sie wohnte bei ihm in seinem Hause und ließ sich bei ihrer Arbeit von einem geistesschwachen Jungen helfen, der Abd al-Da'im hieß und für die Küche verantwortlich war, aber der nicht im Hause übernachtete. Das Schicksal wollte es, daß Scha'ban gerade in dem Moment seine Haushälterin verlor, als er ihrer am dringendsten bedurfte. Sie fiel eines Tages die Treppe hinunter und starb an einem Schädelbruch.

Sie hatte die Gewohnheit gehabt, nachts das Zimmer mit Scha'ban Effendi zu teilen, um ihm Gesellschaft zu leisten und damit sie sich um ihn kümmern konnte, wenn er einen Wunsch hatte.

Am Morgen nach dem Tod seiner Haushälterin ging Scha'ban Effendi zu seinem Kreis, und wie gewöhnlich versammelten sich viele Leute um ihn, um neue Geschichten zu hören. Als sie aber vom Tode seiner Haushälterin erfuhren, beschränkten sie sich auf die üblichen Beileidsbekundungen und trennten sich von ihm. Scha'ban Effendi war gerade im Begriff, nach Hause zurückzukehren, als er bemerkte, daß Onkel Said ihn mit begierigen Blicken ansah. Er fragte ihn nach seinem Wunsch und jener antwortete, indem er auf die Linien starrte, die er mit seinem Stock in den Sand zog: »Du hast uns heute gar nichts erzählt, Effendi!«

Scha'ban drehte an seinem Schnurrbart, und dann antwortete er mit dem Satz, dessen Bedeutung und Reichweite er sich in diesem Moment nicht bewußt wurde: »Gestern hat mich ihr Geist besucht!«

Erstaunt rief der Pförtner: »Der Geist der Mutter Chalil? So schnell nach ihrem Ableben?«

»Was ist denn daran so sonderbar?« fragte Scha'ban Effendi, und er war nun gezwungen, dem Pförtner ausführlich zu erzählen, wie seine Haushälterin gestorben war, wie ihre Seele auf Engelsflügeln zum Himmel getragen wurde und wie der Geist der Mutter Chalil ihm bald darauf erschienen war.

Diese Geschichte war in ihrer Art anders als die früheren und versetzte den Pförtner in Begeisterung. Scha'ban Effendi, der auf diese Weise den Effekt seiner neuartigen Erzählung erprobt hatte, begann sie nun lauthals zu verbreiten.

Sein Bericht war so aufsehenerregend, daß selbst die Kinder davon angezogen wurden und ihm andächtig lauschten. Immer mehr Leute kamen hinzu, die die Geschichte vom Geist der Mutter Chalil hören wollten und sie weitererzählten, so daß sie allmählich zum Stadtgespräch wurde.

Scha'ban Effendi hatte seine Nachbarinnen gebeten, ihm eine junge Haushälterin zu suchen, die den Platz der verstorbenen Mutter Chalil einnehmen sollte. Als er nach Hause kam, war sie schon da und erwartete ihn. Sie war ein Kind von elf Jahren, dem Anschein nach sympathisch und praktisch. Er atmete erleichtert auf, als er sie sah, und überschüttete sie mit Ratschlägen und Empfehlungen. Danach erzählte er ihr ausgiebig von der Mutter Chalil, indem er ihre Fähigkeiten und Tugenden absichtsvoll überzeichnete; dann kam er auf ihren Tod zu sprechen, und er rühmte sich, mit welcher unvergleichlichen Großzügigkeit er ihre Beerdigung ausgerichtet habe, indem er ihr genau vorrechnete, welche Ausgaben er dadurch gehabt hatte. Schließlich begann er, ihr die Lügengeschichte vom Geist der Mutter Chalil zu erzählen und würzte sie mit neuen Ereignissen und Einzelheiten.

Als er damit geendet hatte, wischte er sich den Schweiß von der Stirn. Seine Augen waren rot und glänzten. Die Haare standen ihm zu Berge und sein Schnurrbart war in Unordnung geraten wegen der wilden Gesten, mit denen er seine Geschichte illustriert hatte. Das Kind schaute ihn entsetzt an, denn er kam ihr wie ein Dschinn vor, der sich in einer menschlichen Gestalt versteckt hielt. Ihr Gesicht und ihr schweres Atmen ließen erkennen, daß die Angst sich ihrer bemächtigt hatte.

Da erkannte Scha'ban Effendi, was er angerichtet hatte und lachte laut, um ihre Furcht zu verscheuchen. Er brachte das

Abendessen auf den Tisch und lud sie dazu ein. Während des Essens erklärte er ihr, was sie im Haus zu tun habe. Er wünschte, daß sie ihre zukünftigen Aufgaben gern verrichte und stellte ihr einen guten Lohn und eine großzügige Abfindung bei ihrer Heirat in Aussicht.

Nach dem Essen rauchte Scha'ban Effendi drei Zigaretten und trank zwei Tassen starken Mokka; er unterhielt das Mädchen, indem er ihr ab und zu eine lustige Geschichte erzählte, und schließlich faßte sie Vertrauen zu ihm und begann, ihn zu mögen. Als es Zeit wurde, schlafen zu gehen, legte er die Matratze für das Mädchen in sein Zimmer an den Platz, den früher Mutter Chalil eingenommen hatte. Nachdem er einige Koransuren gelesen hatte, blies er die Kerze aus, um zu schlafen. Aber er konnte sich drehen und wenden, der Schlaf stellte sich nicht ein. Von Zeit zu Zeit murmelte er: »Verflucht sei der Mokka, der mich am Schlafen hindert! In Zukunft werde ich am Abend keinen Kaffee mehr trinken.«

Aufs neue drehte er sich von rechts nach links und von links nach rechts, auf den Rücken und auf den Bauch; er legte das Kopfkissen auf seinen Kopf und unter seinen Kopf, doch jeder Versuch, sich etwas Schlaf abzulisten, mißlang. Endlich gab er es auf und setzte sich aufrecht ins Bett. In der Absicht, eine Kerze anzustecken, tastete er mit seiner Hand die Stelle ab, wo gewöhnlich die Streichhölzer lagen, aber er konnte sie nicht finden. Da erblickte er auf einmal seltsame Formen in der Dunkelheit. Er schloß seine Augen und fühlte, daß seine Kehle austrocknete.

So rief er Mutter Chalil, ihm ein Glas Wasser zu bringen. Kaum hatte er ihren Namen ausgesprochen, wurde er sich seines Irrtums bewußt, und diese Erkenntnis ging wie ein elektrischer Schlag durch seinen Körper. Er wollte das junge Mädchen rufen, doch er konnte sich nicht mehr an ihren Namen erinnern. So rief er: »Mädchen, Mädchen!« Aber er hörte sich unaufhörlich nach der Mutter Chalil rufen. Er fühlte, daß kalter Schweiß von seiner Stirn tropfte, und er glaubte, Fieber zu haben.

Die einzige Möglichkeit, das junge Mädchen zu wecken, war die, an ihr Bett zu gehen. Er verließ sein Lager und bewegte sich langsam vorwärts, indem er seine Hände auf seine geschlossenen Augen drückte. Nachdem er auf diese Weise einige Runden durch das Zimmer gemacht hatte, die ihn kaum von dem Ort entfernten, an dem er sich befand, hielt er inne, um tief Luft zu holen, denn seine Atmung war unregelmäßig und schwer geworden.

Dann sagte er: »Ich finde ihr Bett nicht! Hat sie es in ein anderes Zimmer getragen? Bin ich ganz alleine hier?«

Er lauschte in die Stille und vernahm nur das heftige Klopfen seines Herzens. Er stotterte: »Ich höre ihr Atmen nicht.«

Schließlich nahm er seinen Rundgang wieder auf, wobei er mit großer Mühe seine zitternden Beine fortbewegte.

Dabei stieß er an sein Bett. Im Glauben es sei das des Mädchens, begann er, es fieberhaft zu durchsuchen.

Als er sie nicht fand, stammelte er: »Sie ist nicht da! Sie ist geflohen! Die Verfluchte, sie hat mich hier allein gelassen!«

Bei diesen Worten fiel er auf die Knie, und aus seiner Kehle kam ein unterdrückter Schrei, der in dem Zimmer merkwürdig widerhallte. Auf diesen Seufzer antworteten wie ein Echo furchtbare unbekannte Stimmen.

Er begann, um Hilfe zu rufen und bediente sich dabei aller Flüche, die einer solchen Situation zukommen. Da vernahm er eine schrille Stimme, wie das Pfeifen einer Lokomotive, die seine Worte endlos wiederholte: »Ein Geist! Der Geist der Mutter Chalil! Ein Geist! Der Geist der Mutter Chalil!«

Ohne es zu wollen, drehte sich Scha'ban Effendi zu der Seite um, woher die Stimme kam, und seine Augen öffneten sich gegen seinen Willen. In diesem Augenblick sah er vor sich die Umrisse der Mutter Chalil, die vornübergebeugt langsam auf ihn zukam. Sie war es, wie sie leibte und lebte: die schmale Gestalt, ihr weißer Gesichtsschleier, ihr langsamer Gang ...

Bei dem Versuch, sich zu verstecken, fiel er auf sein Gesicht und schrie vor Angst. Das junge Mädchen erwachte von dem Lärm und begann, um Hilfe zu rufen. Sie verstummten erst, als sämtliche Nachbarn mit Kerzen und Fackeln herbeigeeilt waren.

Am anderen Morgen verbreitete sich die Neuigkeit von der Erscheinung des Geistes der Mutter Chalil in der ganzen Stadt, und das junge Mädchen war bereit, jedem der es wissen wollte, den Geist zu beschreiben. Sie berichtete, daß er von überdimensionaler Gestalt und von Kopf zu Fuß in ein schwarzes Leichentuch eingehüllt war und daß aus seinen Augen Flammen sprühten, während er rief: »Ich bin der Geist der Mutter Chalil!«

Scha'ban Effendi hüllte sich anfangs in Schweigen, aber lange konnte er sich nicht zurückhalten wegen der aufdringlichen Fragen, die ihm von allen Seiten gestellt wurden. Plötzlich brach er das Schweigen und gab eine Geschichte zum besten, die von

Anfang bis Ende gelogen war. Er erzählte, daß der Geist der Mutter Chalil mit anderen Geistern in Streit geraten sei und daß ihre Auseinandersetzung so heftig und unerbittlich geworden sei, daß er habe schlichtend eingreifen müssen.

Der Pförtner hatte aufmerksam zugehört und den Helden dabei mit großer Bewunderung angeblickt. Als dieser seine Schilderung beendete, stürzte er sich auf ihn, küßte ihn ehrfürchtig auf die Stirn und flüsterte: »Möge deine Religion immer siegen, Scha'ban Effendi!«

Scha'ban wischte sich den Schweiß von der Stirn und brachte seinen Schnurrbart wieder in Ordnung, wobei er so heftig zu Werke ging, daß er ihn um ein Haar ausgerissen hätte. Dann nahm er die Haltung eines Helden an, wie sie ihm seine Vorstellung eingab: er stellte sich in Positur, kreuzte die Arme, blähte seine Wangen auf, zog die Augenbrauen hoch und nickte mit dem Kopf. Allmählich zerstreute sich der Kreis seiner Bewunderer, und auch er kehrte nach Hause zurück.

Als er sich seinem Haus näherte, kam ihm sein Koch Abd al-Da'im entgegen und teilte ihm mit, daß die Mutter des jungen Mädchens während seiner Abwesenheit gekommen sei, um ihre Tochter abzuholen. Sie habe geschworen, sie nicht eine Minute länger in einem Haus zu lassen, in dem es spuke.

»Wer wird denn dann diese Nacht bei mir schlafen?«

»Brauchst du denn unbedingt jemanden, der dir Gesellschaft leistet, Meister?«

Scha'ban wurde sich nun bewußt, daß er einen Fehler begangen hatte, und er versuchte, ihn zu korrigieren, indem er entgegnete: »Es handelt sich nicht darum, mir nur Gesellschaft zu leisten, sondern meine zahlreichen Bedürfnisse während der Nacht zu befriedigen. Ich bin ein alter Mann, der sich nicht mehr aus seinem Bett erheben kann, wenn er einmal darin liegt, und so brauche ich jemanden, der mich bedient.«

»Wenn du willst, stehe ich zu deiner Verfügung und übernachte bei dir.«

Scha'ban Effendi atmete erleichtert auf und erwiderte: »Ich bin einverstanden und werde dir ab heute deinen Lohn erhöhen.«

»Allah möge dich bewahren, Meister!«

Nach dem Abendessen begab sich Scha'ban in die nahegelegene Bar, wo er einen guten Teil der Nacht damit verbrachte, abseits in einer Ecke sich am Wein zu delektieren. Als er schließlich nach Hause ging, war sein Kopf schwer von den Dämpfen des Alkohols. Sein Koch erwartete ihn in der Haustür. Er kam ihm mit einer brennenden Kerze entgegen und begleitete ihn bis ins Schlafzimmer. Scha'ban wechselte schweigsam seine Kleider; dann ließ er einen prüfenden Blick durch das Zimmer schweifen und war beruhigt, als er die Matratze seines Dieners neben seinem Bett ausgebreitet sah. Nachdem er die Kerze in Reichweite abgestellt und die Streichhölzer in seine Tasche gesteckt hatte, fiel er in einen tiefen Schlaf.

Abd al-Da'im war überrascht über die Eile, mit der sein Herr die Kerze ausgelöscht hatte. Er mußte nun sein Nachtlager suchen, indem er sich durch die Finsternis tastete und durch die absolute Stille, die in dem Raum herrschte. Angst überkam ihn und hinderte ihn am Schlafen. Er wollte sich der Gegenwart seines Herrn vergewissern und seufzte und hustete, um ihn zu wecken. Doch sein Meister war versunken in die Wonnen eines tiefen Schlafes.

Erst jetzt wurde sich Abd al-Da'im bewußt, daß er den Platz der verstorbenen Mutter Chalil einnahm und daß die Matratze, auf der er sich unruhig hin- und herdrehte, sowie das Bettuch und das Kopfkissen ihr gehörten. Sie hatte sie mit ihrem Atem und ihrem Schweiß durchtränkt. Tatsächlich stieg ihm jetzt dieser seltsame Geruch in die Nase, der dieser Frau angehaftet hatte. Eine Zeitlang erschien es ihm so, als ob die Verstorbene sein Bett mit ihm teile oder als ob sie versuche, es wieder in Besitz zu nehmen. Von Zeit zu Zeit spürte er einen warmen Atem über seinem Gesicht, und er vernahm eine schwache Stimme, die ihm etwas ins Ohr flüsterte.

Die Angst schnürte ihm die Kehle zu; er begann am ganzen Leib zu zittern, als ob er einer großen Kälte ausgesetzt sei. Er schwor sich, daß er keine Nacht länger unter diesem Dach verbringe.

Schließlich war es ihm unerträglich, Stillschweigen zu bewahren, zumal er nun im Treppenhaus Schritte hörte. Er rief seinen Herrn, und nachdem dieser Versuch ergebnislos blieb, schrie er immer lauter: »Herr, Herr, wach auf, ich höre Schritte im Treppenhaus!«

Aber Scha'ban Effendi befand sich in der Welt der Träume. Der Diener war gezwungen, an sein Bett zu gehen und ihn kräftig zu schütteln. Da fuhr er hoch und rief: »Abd al-Da'im!«

»Ich bin bei dir, Herr!«

»Wer hat dich kommen heißen?« fragte er mit unsicherer Stimme und zündete hastig die Kerze an.

Als das schwache Licht einen Teil der Finsternis zerstreute,

atmete Abd al-Da'im auf, lobte Allah und setzte sich mit ge-
kreuzten Beinen auf die Matratze seines Herrn.

Scha'ban Effendi wiederholte seine Frage, indem er sich die
geschwollenen Augen rieb und seine Nase trocknete.

Da er keine Antwort erhielt, wurde er wütend, stieß den Jungen
an und sagte: »Ich frage dich, warum du an mein Bett kommst
und mich weckst, sprich!«

Nach einigem Zögern entgegnete der Diener: »Ich bin gekommen, um deine Kerze zu holen.«

»Meine Kerze wolltest du holen? Hast du keine andere?«

»Nein, mein Herr!«

»Ich verstehe nicht, was du sagen willst. Wozu brauchst du
meine Kerze?«

»Ich sterbe vor Durst!«

»Und wo ist der Wasserkrug?«

»In der Küche.«

»Wie, du wolltest mit meiner Kerze zur Küche gehen und mich
ohne Licht lassen?«

»Ich werde nicht lange ausbleiben, Herr!«

Scha'ban Effendi betrachtete ärgerlich den Jungen, der dreist auf
dem Rand seines Bettes saß, und schwor sich, daß er ihn am
anderen Morgen entlassen werde. Dann seufzte er und dachte bei
sich: »Ich halte mich an Allah, was ihn betrifft!«

»Brauchst du die Kerze immer noch?« erkundigte er sich.

»Ich sterbe vor Durst, Herr!«

»Wenn das so ist, nimm sie, und Allah möge dir seinen Segen
entziehen. Komm aber sofort zurück, denn ich könnte dich
brauchen!«

Der Junge riß die Kerze an sich und verschwand. Scha'ban
versuchte, mit Hilfe von Streichhölzern den Raum zu erhellen,
indem er das eine an dem anderen entzündete. Dabei rezitierte er
mit lauter Stimme die Koransure des Thrones und bekannte, daß
er seinen Schutz vor dem Teufel bei Allah suche.

Der Junge war unterdessen nicht in die Küche gegangen, sondern einen Augenblick im Flur stehengeblieben. Dann kam er
zurück und sagte: »Es ist seltsam, aber ich kann den Krug in der
Küche nicht finden. Er muß hier sein.«

Er ging an den Platz, wo er den Wasserkrug am Abend hinge-
stellt hatte und begann zu trinken. Scha'ban starrte ihn fassungs-
los an und dachte: »Er besitzt die Frechheit, aus meinem Ton-
krug zu trinken! Aber das macht jetzt nichts. Morgen wird er
schon sehen, was ich mit ihm mache!«

Der Junge ging in sein Bett zurück. Scha'ban blies die Kerze aus und schlief wieder ein. Doch kurze Zeit später weckte ihn die Stimme seines Dieners erneut auf, die ihn beharrlich rief. Er tat zuerst so, als ob er schliefe, aber Abd al-Da'im schrie nur immer lauter. Da fragte Scha'ban zornig: »Bei Allah, kannst du mich nicht endlich schlafen lassen?«

»Ich muß dich wecken, mein Herr!«

»Warum?«

»Weil ... weil ... weil ...«

»Kannst du nicht vernünftig reden?« Abd al-Da'im schlich zu seinem Herrn und setzte sich wie zuvor auf sein Bett.

Scha'ban dachte bei sich: »Sein Geruch ist widerlich! Und damit erlaubt er sich, auf mein Bett zu steigen und sich neben mich zu setzen.«

Mit zitternder Stimme flehte der Diener: »Stecke die Kerze an, mein Herr!«

Nachdem Scha'ban die Kerze wieder angezündet hatte, flüsterte ihm Abd al-Da'im ins Ohr: »Ich habe Angst!«

Scha'ban fühlte sein Herz heftig klopfen; er begann zu zittern und zu schwitzen und fragte mutlos: »Wovor hast du Angst?«

»Ich habe Geräusche gehört, mein Herr!«

Scha'ban fühlte sich einer Ohnmacht nahe und entgegnete mit letzter Kraft: »Was für ein Geräusch, mein Sohn?«

»Das des Geistes der Mutter Chalil.«

Da faßte Scha'ban die Hand seines Dieners, drückte sie heftig und stammelte: »Wie? Wie?«

»Ich habe sie auf der Treppe tanzen hören!«

Hilfesuchend klammerte Scha'ban sich an seinen Diener, und beide steckten ihren Kopf unter das Bettuch. Abd al-Da'im flüsterte seinem Herrn ins Ohr: »Hörst du es nicht tanzen, Herr?«

Scha'ban spitzte seine Ohren und bestätigte: »Tatsächlich, es tanzt!«

Er merkte, wie seine Kehle sich zusammenschnürte, und er konzentrierte seine Gedanken auf die Koransure des Thrones.

Plötzlich kam ein heftiger Wind auf, der durch die Fenster pfiff und die Kerze auslöschte. Die beiden begannen, zu schreien und um Hilfe zu rufen, bis die Nachbarn von allen Seiten herbeieilten.

Scha'ban Effendi entließ seinen Diener am nächsten Tag und ersetzte ihn durch einen kräftigen und mutigen Mann, der es jedoch nicht länger als eine Woche in seinem Haus aushielt, denn auch er sah den Geist der Mutter Chalil und hörte ihn tanzen. Die Leute begannen, am Mut Scha'bans zu zweifeln, und sie sparten nicht mit Kritik und Verleumdungen, die sich schnell verbreiteten. Schließlich fand er niemanden mehr, der bei ihm bleiben wollte, und er sah sich gezwungen, seine Wohnung aufzugeben, um dem Geist der Mutter Chalil zu entfliehen. In einem anderen Quartier – weit entfernt von seinem früheren – fand er eine kleine Wohnung, die er mietete. Aber der Geist machte ihn auch hier ausfindig, und in Begleitung von zahlreichen anderen Geistern versetzte er ihn in Angst und Schrecken.

Eines Nachts wurde er durch außergewöhnliches Bellen und Miauen geweckt. Er hörte aufmerksam hin und wurde Zeuge einer Versammlung der Geister unter dem Vorsitz des Geistes der Mutter Chalil, in der seine Vernichtung beschlossen wurde.

Einen der Verschwörer hörte er sagen: »Er hat sich lange genug über uns lustig gemacht. Wir werden uns jetzt an ihm rächen!«

Seitdem war ihm das Ziel klar, das die Geister durch ihre Besuche verfolgten: Sie wollten sich seiner entledigen!

Von nun an besuchte der Arme sämtliche heiligen Männer seiner Umgebung und legte vor ihnen Gelübde ab, um ihren Schutz zu erlangen. Er verteilte großzügige Almosen, aber alles half nichts. Die Geister fuhren fort, ihn zu quälen und zu peinigen.

Sie verfolgten ihn von Wohnung zu Wohnung wie eine siegreiche Armee, die dem Feind auf den Fersen bleibt.

Die Nachbarn beklagten sich über Scha'ban, der sie jede Nacht durch Angstschreie und Hilferufe weckte, so daß er sich bald eine andere Wohnung suchen mußte, und jeder Ort, den er verließ, war fortan unbewohnbar, da er auch nach seinem Auszug weiterhin von Geistern heimgesucht wurde.

So jagten ihn die Besitzer von Haus zu Haus und weigerten sich, ihn bei sich aufzunehmen. Er wurde wie ein gehetztes Wild. Nur unter größten Schwierigkeiten fand er einen Unterschlupf.

Sein Leben war einsam geworden, da keiner sich ihm nähern wollte. Erschöpfung und Überdruß bemächtigten sich seiner, und das Alter mit seinen Beschwerden wurde ihm eine unerträgliche Last. Bald sah er älter aus als ein Greis von achtzig Jahren, obwohl er gerade erst sechzig war.

Schließlich kam es so weit, daß der Geist der Mutter Chalil weder Licht noch Lärm fürchtete. Er erschien Scha'ban am hellen Tag, tanzte vor ihm her, drehte sich in der Luft herum und machte sich lustig über ihn wie ein Possenreißer; oder er hüpfte von einer Zimmerecke in die andere, indem er mit seinen Holzschuhen auf die Erde klopfte, manchmal verwandelte er sich in eine Katze und erfüllte den Raum mit seltsamem Miauen oder in einen Esel von den Ausmaßen eines Elefanten, der unerträgliche Schreie ausstieß, die von den Wänden widerhallten.

Wieder einmal zog Scha'ban Effendi in ein anderes Haus um. Es befand sich in einem entlegenen Stadtteil, den er bisher nie betreten hatte. Seine Geschichte eilte ihm voraus und verbreitete sich mit der Geschwindigkeit eines Blitzes unter den Bewohnern. Man empfing ihn sowohl mit Neugier als auch mit Vorsicht.

Wenn er sich in ein Kaffeehaus setzte, entfernten sich die Menschen aus seiner Nähe und ließen um ihn herum leere Plätze zurück.

Der Kellner, der seine Bestellung weitergab, rief zur Kaffeebar hinüber: »Einen Tee und einen starken Kaffee für den Geist der Mutter Chalil!«

Vor den Fenstern und Türen versammelte sich eine neugierige Menge, die ihre Hälse streckten und durch die Scheiben ins Kaffeehaus blickten, um ihn zu sehen.

Die Kinder liefen ihm von allen Seiten entgegen, wenn sie ihn erspähten, wie er auf seinen Stock gestützt durch die Straßen schlurfte, und folgten ihm. Wenn er sich dann plötzlich umdrehte, um zu sehen, was hinter ihm vorging, dann stießen sie Angstschreie aus und stoben in alle Himmelsrichtungen auseinander, um sich einen Moment später wieder zu sammeln und hinter ihm herzuziehen.

Eines Tages, als die Sonne noch am Himmel stand, kehrte Scha'ban früher als gewöhnlich ins Haus zurück. Er bewohnte ein winziges, schmutziges Zimmer, das keine Fenster besaß. Sein Besitzer hatte es ihm auf inständiges Bitten gegen einen exorbitanten Mietpreis überlassen. Es ging auf der einen Seite zum Hof und auf der anderen Seite auf die Straße. Er betrat das Zimmer und legte sich sogleich hin wegen der großen Müdigkeit, die ihn an diesem Tag überfallen hatte. Trotzdem konnte er keinen Schlaf finden und drehte sich rastlos hin und her.

Plötzlich erhob er sich und schrie vor Entsetzen, denn er sah den Geist der Mutter Chalil auf sich zukommen. Er sah, wie sie und ihre Bande ihn immer enger einkreisten, um ihn zu fangen und dem Henker auszuliefern.

Die Nachbarn steckten neugierig ihre Köpfe aus den Fenstern und wollten wissen, was vor sich ging. Keiner von ihnen aber hatte den Mut, zu dem Unglücklichen zu gehen, um ihm zu Hilfe zu kommen. Vielmehr packte sie die Angst, und die Frauen begannen zu schreien und zu wehklagen, als ob sie an einem Begräbnis teilnahmen.

Scha'ban aber hörte nicht auf, um Hilfe zu rufen. Von dem Deckengewölbe hallten seine Schreie auf unheimliche Weise zurück. So schrie er, bis seine Stimme ganz heiser wurde und seine Kräfte ihn verließen.

Da wurde es endlich ruhig im Haus; die Sonne ging unter, und die Nacht hüllte die Erde in Finsternis und Schweigen ein.

Am anderen Morgen erschien der Polizeikommissar des Stadtteils, den die Bewohner des Hauses benachrichtigt hatten. Mit lauter Stimme befahl er den Polizisten, sich vor dem Zimmer des unglücklichen Scha'ban in zwei Reihen aufzustellen. Dann zog er sein Schwert und erteilte den Befehl, das Zimmer zu erstürmen.

Die Enttäuschung war groß, als sie feststellten, daß es in dem Raum nicht die Spur von einem Feind gab. Erfolglos durchsuchten sie das Zimmer. Als sie sich gerade zurückziehen wollten, stieß einer der Polizisten mit seinem Fuß an eine leblose Masse in der Nähe der Tür. Es war Scha'ban Effendis Leiche, die mit Wunden und Schnitten übersät und mit blutbefleckten Fetzen bekleidet war. Sie zogen ihn aus dem Zimmer heraus, und die Neugierigen, die der Polizei gefolgt waren, drängten sich heran. Als sie den leblosen Körper Scha'bans auf dem Boden liegen sahen, hin- und hergestoßen wie ein Hund, dankten sie Allah, daß er sie von diesem Mann und seinem Geist erlöst hatte. Die Frauen stießen Freudenschreie aus, und auch die Kinder teilten die allgemeine Feststimmung.

So wurde Scha'ban Effendi, das Opfer der Geister, unter Jubel und Freudengeschrei der Nachbarn und Hausbewohner zu seiner letzten Ruhestätte getragen.

Die Geister von Yabrud

Auf einem der Plätze von Yabrud[1] saß eine Gruppe Dorfbewohner um ein offenes Feuer, auf dem ein gewaltiger Kessel mit kochendem Weizen stand. Es war kurz vor Mitternacht. Den Wohlgeruch des kochenden Getreides konnte man schon von weitem wahrnehmen, und das Gelächter der fröhlichen Runde ließ sich bereits aus einiger Entfernung vernehmen – lange bevor man die heiteren Gesichter entdeckte, die die Flammen vom nachtdunklen Hintergrund abhoben.

In dieser Runde saßen Greise mit übereinandergeschlagenen Beinen, eingehüllt in ihre langen, weiten Gewänder; während sie genüßlich an ihren Wasserpfeifen zogen, schwelgten sie in der Erinnerung an alte Zeiten; daneben saßen junge verliebte Pärchen, die scheu miteinander flüsterten, und schlitzohrige Dorfburschen, die stibitzte Ähren in einem aufgetürmten Haufen glühender Asche verbrannten. Da gab es geschwätzige Frauen, die über den letzten Dorfskandal klatschten, und schließlich eine Reihe Kinder, die noch nicht zur Ruhe gegangen waren und an den Straßenecken des Dorfplatzes Verstecken spielten.

Die Straßen waren menschenleer – bis auf einige Nachzügler, die von der Arbeit auf ihren weitentlegenen Feldern zurückkehrten; ihre Pflugscharen, die sie einem Esel oder Muli aufgeladen hatten, berührten rasselnd die Erde. Ab und zu überquerte eine Gruppe junger Leute den Platz, die von einem Fest oder einem Besuch heimkehrten. Wie sie dann aus dem Dunkel auftauchten, schien es, als kämen sie aus dem Nichts, in das sie wieder untertauchten, nachdem sie sich einen Augenblick in dem Lichtkreis bewegt hatten, der vom Feuer ausging. Ein Austausch von Grüßen und Freundlichkeiten oder ein kleiner Scherz unterbrachen ihren Gang durch die Nacht.

Die Zeit des Weizenkochens ist in Kalamun[2] eine überlieferte Festzeit wie die der Ernte oder der Traubenlese. Es ist das letzte der Herbstfeste und zugleich das erste Winterfest. So ist es erfüllt von Erinnerungen an die Feiertage im Herbst und von Vorahnungen auf die Feste im Winter. In dieser Zeit kocht jede Familie

---

[1] und [2] Stadt im nördlichen Libanon

den Weizen, den sie im kommenden Jahr braucht, in einem der gewaltigen Kessel, die zehn bis zwölf Scheffel fassen. Das gekochte Getreide wird dann auf den flachen Dachterrassen getrocknet und anschließend von den Frauen mit Handmühlen gemahlen und gesiebt. Das Endprodukt heißt Burgol und darf in keiner libanesischen oder syrischen Küche fehlen, denn es ist ein wichtiger Bestandteil vieler köstlicher Speisen.

Diese Nacht des Weizenkochens wäre eine Nacht wie jede andere gewesen, wenn sich nicht jener Zwischenfall ereignet hätte... Ungefähr eine Stunde vor Mitternacht, als die Straßen der Kleinstadt ruhiger und die Schritte Vorübergehender seltener geworden waren, durchbrach ein schriller Schrei aus der Ferne die Stille.

»Bei Allah«, sagte Hassan, einer der Jünglinge, die um das Feuer saßen, »das ist die Stimme einer Dschinnia!«

Einige aus der Gruppe lachten darüber, aber Salma, die fest an die Existenz von Dschinnen glaubte, bekräftigte Hassans Behauptung und fügte hinzu: »Es ist tatsächlich die Stimme einer Dschinnia! Möge der Heilige von Harbuscha mich erdrosseln, wenn es nicht stimmt, daß ich den gleichen Schrei in der vergangenen Nacht gehört habe. Ich war so erschrocken, daß ich nicht schlafen konnte. Später hörte ich die Stimme ein zweites und drittes Mal und dann nicht mehr.«

»Ha, ha, ha«, lachte Ali, der der stärkste unter den Jünglingen der Umgebung war und so kühn, daß er des öfteren aufgrund von Wetten um Mitternacht leere Gräber besucht hatte. »Ich werde dich nach Hause begleiten, holdes Mädchen, und dafür sorgen, daß dir kein Dschinn zu nahe tritt!«

Einen Augenblick war es still in der Runde, dann vernahm man den gleichen schrillen Schrei, dieses Mal noch deutlicher.

»Na, was sagt ihr jetzt?« fragte Salma triumphierend.

»Ich sage euch, es ist eine Dschinnia!« wiederholte Hassan seine Behauptung.

»Unsinn!« rief Ali. Doch nach einigen Überlegungen wandte er sich an Hassan und sprach: »Es scheint mir mit dieser Stimme eine merkwürdige Bewandtnis zu haben. Ich möchte zu gerne wissen, woher sie kommt.«

Nach diesen Worten verfiel Ali in tiefes Schweigen. Er stützte sein Kinn in seine Hände und saß nachdenklich auf dem Haufen Stroh, mit dem ein Greis die knisternden Flammen speiste, indem er in regelmäßigen Abständen eine Handvoll in den Ofen warf, den sie selbst aus Ziegelsteinen errichtet hatten, und der gottesfürchtigen Gemütern wie die leibhaftige Hölle vorkam.

Minuten, die wie Stunden erschienen, schleppten sich in absolutem Schweigen dahin. Alis nachdenkliches Verhalten ließ die Unterhaltung verstummen. Plötzlich unterbrach er die Stille und sprach wie aus tiefem Schlaf erwachend: »Weiß jemand von euch, woher diese Stimme kam?«

»Ich glaube, sie kommt aus der Richtung der Quelle«, meinte Salma, »und das bestätigt meine Vermutung, denn bekanntlich bewohnen Dschinne die Höhlengräber von Skufta, die jenseits der Quelle liegen.«

Bei diesen Worten leuchteten Alis Augen, als hätte er von Salma einen wertvollen Hinweis erhalten, obwohl er keinen Zweifel daran ließ, daß er von ihrer Auslegung nicht überzeugt war.

»Wer will mich begleiten, um das Geheimnis dieser Stimme zu ergründen?« fragte er in die Runde und fuhr fort: »Wir müssen feststellen, ob jemand den Bewohnern einen Streich spielt oder ob einer in Not ist. Laßt uns auf alle Fälle aufbrechen und den Grund ausfindig machen!«

Einige junge Leute meldeten sich entschlossen; daraufhin faßten andere Mut und schlossen sich ihnen an. Schließlich wollte keiner von den jungen Leuten sich die nächtliche Jagd auf Dschinne entgehen lassen, vielmehr wollten sie sie mit eigenen Augen sehen, und so folgten sie der Gruppe in einiger Entfernung.

Fröhlich lärmend zogen sie durch die Hauptstraße von Yabrud, bis sie an den Rand der Kleinstadt gelangten. Als sie an dem totenstillen Friedhof vorbeikamen, der am Fuße eines zuckerhutweißen Hügels lag, schloß sich die in einiger Entfernung folgende Gruppe um Hassan dicht an Alis Gruppe an. Die Nacht war lautlos bis auf das leise Murmeln des Flüßchens, das sich durch die Obstgärten und Felder schlängelte, und das Rauschen in den Pappeln und Weiden auf beiden Seiten des Baches. Ab und zu vernahm man den Schrei einer vereinzelt umherirrenden Eule. Unter Alis Führung strebte die Gruppe vorwärts – bald in schallendes Gelächter ausbrechend – bald in nachdenkliches Schweigen verfallend. Sie erreichten nun eine grüne Arena, die von zwei Gebirgsausläufern eingerahmt wird. Sie hatte oft als Standort für umherziehende Beduinen gedient und eignet sich gut für nächtliche Zusammenkünfte der Dschinne. Am Fuße des einen Gebirgsausläufers ergießt sich aus einem unterirdischen Becken eine sprudelnde Wasserquelle, begleitet von vielen kleinen Quellen, die zusammen in einen Teich fließen, dessen kristallklares Wasser immer eiskalt ist – selbst in den heißesten Tagen des Monats Juli.

Plötzlich erblickte Ali Schatten, die sich in einiger Entfernung bewegten und offenbar der Quelle näherten. Sie wurden angeführt von jemandem, der eine Laterne trug. Allmählich konnte man ihre Konturen immer besser erkennen: ihre langen, spitzen Filzturbane und ihre Schafsfellumhänge wurden im schwachen Licht der Laterne sichtbar.

»Jungs, wenn mich nicht alles täuscht«, begann Ali zu flüstern, »sind diese Gestalten die Kurden, die wir kürzlich auf dem Markt Gemüse, Reis und Kochgeschirr kaufen sahen.«

Dabei hatten sie bemerkt, daß diese bis zu den Zähnen mit Büchsen, Türkensäbeln und Karabinern bewaffnet waren. Mit ihren Patronengürteln, die sie quer über ihre umfangreichen Brustkästen trugen, sahen sie beängstigend aus. Man konnte sie nicht leicht vergessen, wenn man sie einmal gesehen hatte – auch ohne die unheimlichen Berichte über ihren blutrünstigen Charakter gehört zu haben, sowie die herzzerreißenden Geschichten, die armenische Flüchtlinge über sie verbreiten, wenn sie um Nahrung bettelnd von Haus zu Haus ziehen und dabei ihre aus Weidenrohr verfertigten Artikel feilbieten.

»Ich möchte wissen, was die Gestalten in dieser unheiligen Stunde der Nacht hier tun«, sagte Ali. »Wer begleitet mich zu ihnen?«

Die jungen Männer erklärten sich alle bereit, Ali zu folgen, manche zögernd, andere entschlossen und mit Zurschaustellung ihrer Furchtlosigkeit. Ali verlangte, daß Hassan mit den Frauen und Kindern zurückbleibe. Erleichtert beugte sich Hassan diesem Befehl, denn er war nicht begierig, diesen seltsamen Gestalten zu begegnen, gleichviel ob es Dschinne oder Kurden waren. Als Ali mit seinen Gefährten aufbrechen wollte, überkam die Frauen Angst und Schrecken; sie stürzten sich in seine Arme, zogen an seinem Gewand und versuchten mit allen Mitteln, ihn von seinem verrückten Abenteuer abzuhalten. Doch Ali war fest entschlossen, der Sache auf den Grund zu gehen, und riß sich von denen los, die ihn festhalten wollten, dann rief er den jungen Männern zu, ihm zu folgen.

Sie waren noch nicht weit gegangen, als sie bemerkten, daß die seltsamen Gestalten sich zusammenscharten, als ob sie sich beraten würden. Dann änderten sie ihre Richtung und flohen, während Ali und seine Kameraden ihre Verfolgung aufnahmen.

Plötzlich drehte sich einer von ihnen um – es war derjenige, der die Laterne trug – und schoß auf sie. Ohne im Laufen innezuhalten, nahm Ali seinen Revolver und feuerte zurück, worauf der Angreifer zu Boden fiel. Seine Begleiter hielten nicht einmal an, um ihn aufzuheben, vielmehr beschleunigten sie ihr Tempo und liefen davon, während sie nach allen Seiten Feuer gaben.

Als Ali und seine Kameraden die Stelle erreichten, wo der angeschossene Fremde lag, erkannten sie im Lichte der Laterne, die er immer noch in der Hand hielt, daß es ein Kurde war. Er war bereits tot, denn die Kugel, die ihn im Rücken getroffen hatte, war durch sein Herz gegangen. Nachdem sie die Leiche an den Rand des Weges gelegt hatten, beschlossen sie, zunächst die Gruppe aufzusuchen, die sie mit Hassan zurückgelassen hatten, um sie zu beruhigen.

Ihr Erscheinen löste große Erleichterung bei Hassan und seiner weiblichen Begleitung aus, denn sie hatten die Schüsse gehört und waren voller Angst und Sorge um ihre Kameraden gewesen. Nun wollten sie Ali und seine Begleiter feiern, doch dieser erklärte: »Vergeßt nicht, Freunde, wozu wir ausgezogen sind. Wir wollten zu den Dschinnen, und diese verfluchten Kurden haben uns von unserem Ziel abgelenkt!«

Hassan plädierte dafür, aus Rücksicht auf die Frauen und Mädchen von diesem Abenteuer abzulassen und zum Dorfplatz zurückzukehren, doch die jungen Männer schworen, Ali zu folgen, wohin immer er sie führe. Schließlich waren auch die Frauen damit einverstanden, sich der Gruppe anzuschließen und nicht alleine zum Dorf zurückzukehren, denn der Weg dahin war ebenso weit wie der Weg zu ihrem Ziel, und da die Morgendämmerung noch in weiter Ferne lag, konnte Ali ihnen seine Lampe nicht überlassen.

Jeder Tourist, der Yabrud besucht, versäumt es nicht, die alten Höhlengräber zu besichtigen, die in den steinigen Felsen gehauen sind. Die größten und am besten erhaltenen Exemplare findet man in der Nähe der Quelle von Skufta; aber schon an der Kureina-Quelle kann man einige weniger geräumige Grabkammern finden. Zu den letzteren drang Ali nun vor, die Laterne in der Hand und gefolgt von einigen seiner mutigsten Gefolgsleute. Sein Plan war es, zunächst diese Gräber aufzusuchen, und falls er dort den Gegenstand ihrer Suche nicht finden konnte, zu den Höhlen von Skufta aufzubrechen.

Nach einigen Minuten spannender Ungewißheit kehrten Ali und seine Begleiter ergebnislos aus den Gräbern bei Kureina zurück. Auf seinen Vorschlag hin begaben sich nun alle auf den Weg nach Skufta.

Unterwegs erzählten sie sich die Geschichten von Kurden, die im Dorf von Mund zu Munde gingen. Einer von ihnen erinnerte sie an einen gewissen kurdischen Hausierer, der eines Nachts plötzlich verschwunden war und mit ihm die berühmte Stute von Abu Aziz, das reinrassigste, anmutigste und schnellste Pferd von ganz Kalamun. Ein anderer erzählte die Geschichte von dem armen armenischen Mädchen, dessen ganze Familie von den Kurden niedergemetzelt worden war. Umm Da'ud, die wohltätige Frau des christlichen Scheiches von Yabrud, hatte das Waisenmädchen adoptiert, denn sie glich ihrer Tochter, die sie während der Cholera-Epidemie verloren hatte. Nicht zuletzt erinnerten sie sich an Fatima, die schöne Tochter des Scheich Na'if von Dair-Attiyah, die erst kürzlich entführt worden war. Eine Schar Freiwilliger hatten unter Führung ihres Vaters und ihrer sechs Brüder die ganze Umgebung vergebens nach ihr abgesucht. Alle Ecken und Winkel, alle Schlupflöcher hatten sie durchsucht, ohne auch nur eine Spur von ihr zu finden, und so waren sie enttäuscht zurückgekehrt und hatten die Hoffnung aufgegeben, sie je wiederzusehen.

Diese und andere Geschichten hatten den Weg nach Skufta verkürzt. Die Abenteurer erreichten nun die Stelle, wo ein kleiner Fluß aus einem unterirdischen Flußbett hervorspringt. Die Stille der Nacht trug das leise Murmeln des Baches an ihre Ohren, und es war ihnen wie eine Verheißung des Friedens, der das schlichte und einfache Leben der Bewohner von Yabrud kennzeichnet. Verstummt und vergessen waren die Geschichten von den Kurden, und das Bild dieser erhabenen, friedlichen Natur erfüllte ihre Seelen.

Inmitten dieser feierlichen Stille hob Ali auf einmal die Laterne über seinen Kopf, während er mit der anderen Hand seine Augen beschattete und angestrengt in die Ferne blickte, um etwas in der Dunkelheit zu erkennen.

»Was ist da?« fragte ihn jemand, der sich dicht an ihn gedrängt hatte. Ali deutete auf einen Schatten, der sich an der Quelle bewegte.

»Geht keinen Schritt weiter«, warnte Salma sie, »was ihr dort seht, ist sicher ein Dschinn!«

Ali, der immer noch angespannt zur Quelle blickte, erwiderte: »Dieser Schatten ist weder der eines menschlichen Wesens noch der eines Dschinn! Es sieht mir eher wie ein Tier aus.« Um seine

Vermutung zu erhärten, rief er mit lauter Stimme: »Wer ist dort?«

Er erhielt keine Antwort, statt dessen bewegte sich der Schatten in Richtung Stadt, und Ali machte sich auf, ihm zu folgen. Salma versuchte ihn davon abzuhalten und flehte: »Bleib hier, Ali! Du weißt, Dschinne nehmen oft die Form eines Tieres an, und wenn du dich ihnen näherst, verwandeln sie dich ebenfalls in ein Tier oder in einen Stein!«

Ali schenkte ihrem Einwand keine Beachtung und ging weiter. Einige Beherzte folgten ihm. Bevor sich der Rest entscheiden konnte, ob sie nicht lieber abwarten sollten, rief Ali ihnen zu: »Kommt Jungs, es ist nur ein Pferd!«

Bei diesen Worten faßten sie Mut und folgten ihm, sogar Salma schloß sich ihnen an, obwohl sie gerade noch erklärt hatte, daß Dschinne des öfteren die Gestalt eines Tieres annehmen. Aber schließlich war Ali bis jetzt nichts zugestoßen, und die Dschinne, die den Menschen keinen Schaden zufügen, braucht man nicht zu fürchten.

Das Pferd trabte in die Richtung von Skufta; Ali und seine Begleiter folgten ihm, und nach kurzer Zeit standen sie vor den geheimnisvollen Höhlen am Fuße der Berge, die vor langer Zeit von Menschenhand in die Felsen geschlagen worden sind. Sie hatten den Ureinwohnern von Jambroda zur Zeit des Römischen Imperiums als Familiengrüfte gedient. Auf das größte dieser Höhlengräber trabte das Pferd nun zu.

Der Eingang zu den Grüften ist hoch und schmal und wird mit Hilfe einer Holzplatte oder eines gewaltigen Steines geschlossen, um ihn vor dem entweihenden Eindringen von Tieren zu schützen. An jeder Seite des Eingangs befinden sich sechs oder sieben Täfelchen, die wahrscheinlich die Namen der Toten anzeigen. Die Höhlen selber sind eingeteilt in einen Korridor, an den sich die eigentliche Höhle anschließt, zu der man durch eine sehr niedrige Pforte gelangt. Auf jeder Seite des Korridors stehen zwei leere Sarkophage, die wahrscheinlich die Familienoberhäupter bargen, während in der eigentlichen Höhle mehrere kleinere Sarkophage stehen, die an allen drei Seiten der Höhle aufgereiht sind. Die Fläche der Höhle beträgt ungefähr zwanzig Fuß und ihre Höhe sieben Fuß. Die Decke und Teile der Wände sind rußgeschwärzt, und der Boden ist feucht. Es gibt keine andere Öffnung in der Höhle als die kleine schmale Tür, so daß es selbst tagsüber unmöglich ist, etwas innerhalb der Höhle ohne Laterne oder Streichholz zu erkennen.

Zu dieser Höhle war das Pferd gelangt, das die jungen Leute verfolgt hatten, und Ali war fest entschlossen, die Gruft zu betreten, obgleich seine Begleiter ihn mit allen Mitteln davon abzuhalten versuchten. Sie warnten ihn, jetzt um Mitternacht in die Höhle der Dschinne einzudringen, da die Geister um diese Zeit die größte Freiheit genießen, Schaden und Unglück zu verursachen. Doch Ali machte sich los von ihnen und näherte sich der Gruft. Nur zwei von den Männern wagten es, ihn zu begleiten; sie hielten ihre Waffen schußbereit und stellten sich am äußeren Eingang zur Höhle auf.

Die Laterne in der Hand und mit den Worten: »Im Namen Allahs, des barmherzigen Erbarmers! Wir sind von ihm und zu ihm werden wir zurückkehren!« betrat Ali die Höhle. Als er den dunklen Korridor durchquerte, wieherte das Pferd, und aus dem Innern der Höhle drang eine Stimme: »Meine Zuflucht ist beim Propheten Muhammad und seinen Jüngern. Um Eurer Frauen willen, schlagt mich nicht! Ich werde Euch heiraten und mit Euch nach Diarbakr gehen. Ich sterbe vor Durst, und meine Handgelenke brennen vor Schmerz! Ich flehe Euch an, befreit mich aus dieser Lage und macht mit mir, was Ihr wollt!« Als Ali diese herzzerreißenden Worte hörte, trat er in das Innere der Höhle und sprach: »Fürchte dich nicht, meine Schwester! Wir kommen, um dich zu befreien.«

»Gelobt sei Allah, und Sein Segen ruhe auf Seinem Propheten! Möge Allah dich hier auf Erden und im Paradies belohnen. Wer seid Ihr, sagt! Schicken Euch mein Vater und meine Brüder?«

»Wir sind von Yabrud«, erwiderte Ali, »aber wir haben gehört, daß dein Vater und deine Brüder jeden Winkel von Kalamun durchsucht haben.«

Ali hatte sich dabei neben das junge Mädchen gekniet, das der Leser als Fatima, Tochter des Scheich Na'if identifiziert haben wird. Als er seine Laterne hochhob, erblickte er vor sich auf dem Boden ausgestreckt und Hände und Füße durch Lederriemen festgebunden eine junge Frau von vollkommener Schönheit und anmutiger Gestalt. Ihr langes, schwarzes Haar, das dem Flügel eines Raben glich, war aufgelöst und bedeckte zum Teil ihre entblößten weißen Brüste. Tränen tropften aus ihren großen, schwarzen Augen; es waren sowohl Tränen der Freude als auch Tränen des Schmerzes. Überwältigt von ihren Reizen, die keine Fee hätte übertreffen können, gab sich Ali einen Augenblick dieser Vision hin. Dann, wie aus einem Traum erwachend, holte

er rasch sein Messer aus seiner Tasche und schnitt die Lederriemen entzwei.

Das Mädchen konnte kaum auf ihren Füßen stehen, nachdem Ali
sie aufgerichtet hatte. Sie schlang ihre Arme um seinen Hals und
küßte ihn dankbar und überschwenglich – in völliger Mißach-
tung der überlieferten Anstandsformen. Einen Arm um ihre
Taille gelegt und mit der anderen die Laterne haltend, verließen
sie die Höhle. Als die beiden jungen Männer, die vor der Höhle
Wache hielten, sie erblickten, waren sie äußerst verwirrt. Sie
wußten nicht, ob sie fliehen oder sich Ali und dem seltsamen
Geschöpf nähern sollten. Durch Alis Spott über ihre Verwirrung
ermutigt, kamen sie näher und erfuhren in Kürze die Geschichte
der bezaubernden »Dschinnia«.

Der Rückweg von den Höhlen zum Dorfplatz war eine feierliche
und jubelnde Prozession. Die Jungen trugen Fatima und Ali auf
ihren Schultern, während die Frauen sangen und Freudenrufe
ausstießen.

Während die Gruppe sich auf diese Weise dem Dorf näherte,
spielte sich auf dem Platz, von wo Ali und seine Begleiter
aufgebrochen waren, eine ganz andere Szene ab. Die Alten und
Weisen von Yabrud saßen hier immer noch um das Feuer. Einige
von ihnen zogen an ihren Wasserpfeifen, andere saßen mit
überkreuzten Beinen da und zählten schweigend die Kugeln
ihrer Perlenschnüre. Mit ihren geschlungenen Turbanen über
den bärtigen Gesichtern und ihren langen, geflickten Gewändern boten sie ein eindrucksvolles Bild beim flackernden Licht
der Feuerstelle.

Ihre Unterhaltung drehte sich – wie sollte es auch anders sein –
um die Ereignisse dieser Nacht. Sie sprachen in ihrer besonnenen
Art über das schauererregende Thema Dschinne. Es war das
übliche Streitgespräch, ob Geister existieren oder nicht, und die
übliche Beweisführung. Die meisten waren von ihrer Existenz
überzeugt, denn einer von ihnen hatte an einem bestimmten
Abend, auf dem Rückweg von seinem Feld, eine seltsame Gestalt
erblickt, die sich auf drei Beinen vorwärtsbewegte. Kaum hatte
er die Worte »Im Namen Allahs, des barmherzigen Erbarmers«
ausgesprochen, da hatte diese merkwürdige Gestalt sich in nichts
aufgelöst. Ein anderer von ihnen war in der Nähe eines ausge-
trockneten Brunnens auf dem Weg von Nabk nach Yabrud einer
Dschinnia begegnet. Sobald er eine Koransure gemurmelt hatte,
war das Gespenst in den Brunnen verschwunden ...

Diesen und anderen Geschichten hatte Abu-l-Khidr still und

aufmerksam zugehört, während er lange Züge an seiner Wasserpfeife machte. Abu-l-Khidr, oder genauer gesagt »al-Hajj«[1] Abu-l-Khidr war ein Greis, der sich während seines langen Lebens nicht weniger als fünfmal in den heiligen Städten Mekka und Medina als frommer Pilger aufgehalten hatte. Er kam immer und als erster zum Freitagsgebet in die Moschee und versäumte keine religiöse Feier. Am Feste der Geburt des Propheten oder an anderen muslimischen Feiertagen rezitierte er ganze Kapitel des Koran auswendig. Er fastete nicht nur im Monat Ramadan, wie es von jedem Muslim verlangt wurde, sondern auch in den anderen zwei heiligen Monaten Rajab und Shaban. Kurz, der Hajj Abu-l-Khidr war in ganz Yabrud eine verehrte und geachtete Persönlichkeit und stand darin dem Vorsteher der Moschee, der ein Absolvent der berühmten muslimischen Universität al-Azhar in Kairo war, in nichts nach. Abu-l-Khidr war nämlich sehr belesen, und er hatte bei zahlreichen Treffen mit bekannten religiösen Persönlichkeiten der gesamten muslimischen Welt vieles erfahren, da er auf seinen Wallfahrten den berühmten Religionslehrern aus Damaskus, Bagdad, Kairo, aus Kabul, Kazan und Samarkand zugehört hatte.

»Möge Allah uns vor dieser Generation schützen!« bemerkte Abu-l-Khidr, indem er einige kurze heftige Züge an seiner Wasserpfeife machte und sein Schweigen wieder aufnahm. Das war ein Signal für diejenigen, die als seine Vertrauten wußten, daß er auf diese Weise eine lange Rede einzuleiten pflegte; darum fragte ihn einer seiner Freunde, der Barbier Abu Mustapha, in dessen Laden eine Menge verwickelter Probleme der Kosmologie und Theologie erörtert wurden: »Wie meinst du das, o Hajj Abu-l-Khidr? Erkläre dich ein wenig!«

»Wie ich das meine, Abu Mustapha«, erwiderte der Angeredete, indem er die lange Pfeifenschnur seiner Wasserpfeife aufwickelte und fortfuhr, »wie denn sonst, als daß die Menschen dieser Generation sich nicht mehr an die Worte Allahs erinnern und ihnen keinen Glauben schenken. Ihr diskutiert über die Existenz der Dschinne, als ob ihr ihren Namen niemals im heiligen Koran gefunden hättet und als ob ihr nicht wüßtet, daß unser Herr und Prophet Muhammad selbst – Allah segne ihn und schenke ihm Sein Heil – an sie glaubte.«

Dies war ein schlagendes Argument, das alle Zweifler zum Schweigen brachte. Sie hatten zwar gehört, daß die Dschinne im

---

[1] Ehrentitel für einen Muslim, der die vorgeschriebene Wallfahrt nach Mekka unternommen hat.

Koran erwähnt werden, aber da die meisten unter ihnen weder lesen noch schreiben konnten, baten sie den Hajj, sie darüber weiter aufzuklären.

»So wisset also, meine Freunde«, begann Abu-l-Khidr, »daß die Dschinne tatsächlich existieren und daß sie alle Gestalten und Formen annehmen können – angefangen von der einer Fliege bis hin zu der eines Elefanten. Außerdem gibt es zwei Kategorien: Dschinne, die harmlos und hilfreich sind, und andere, die böse und unheilbringend sind. Die harmlosen Dschinne sind diejenigen, die die Offenbarung des Korans hörten, als er dem Propheten vom Engel Gabriel verkündet wurde, und ihr Glauben schenkten. Die Dschinne hingegen, die den Menschen Unheil zufügen, sind Geister, die vom Bösen irregeleitet wurden, so wie wir Menschen vom Satan verführt werden.«

»Ist Satan auch ein Dschinn, o Hajj Abu-l-Khidr, oder ist er keiner?« unterbrach Abu Mustapha die Ausführungen Abu-l-Khidrs.

Der Hajj antwortete: »Einige gelehrte Theologen sind der Meinung, daß er nicht der Rasse der Dschinne zuzurechnen sei, doch die Mehrzahl der Korankommentatoren glaubt das Gegenteil. Die Geschichte Satans, so wie ich sie in alten Büchern gelesen habe und von zahlreichen Scheichen in Mekka gehört habe, ist übrigens eine lange Geschichte.«

»Erzähl sie uns, Hajj!« baten ihn ein halbes Dutzend Stimmen im Chor.

Da räusperte sich Abu-l-Khidr, setzte sich aufrecht auf seinen übereinandergeschlagenen Beinen und begann: »Allah – möge Sein Name gepriesen sein – schuf die Rasse der Dschinne aus der Luft und aus dem Feuer, lange bevor er Adam erschuf – manche behaupten, zweitausend Jahre vorher. Er sandte ihnen Propheten aus ihren Reihen, um sie zu unterweisen und Seine Ordnung unter ihnen aufzurichten; doch die Dschinne gehorchten Seinen Gesandten nicht. Sie vermehrten sich und sündigten gegen Allah. Da schickte Allah ihnen Engel, die sie von der Erde vertreiben sollten. Sie trieben einige von ihnen zu den Grenzen ferner Inseln, andere auf entlegene Bergesgipfel; eine große Zahl von ihnen nahmen sie gefangen, und den Rest töteten sie. Unter denjenigen, die sie gefangennahmen, befand sich Azazel oder Satan, wie man ihn später nannte. Da Azazel noch ein Kind war, als die Engel ihn gefangennahmen, zogen sie ihn auf der Erde auf, und später, als er erwachsen war, wurde er ihr Anführer.

Dann kam die Zeit, da Allah – gepriesen sei Er in Seinem Königreich – Adam erschaffen wollte. Er versammelte die Engel um sich und kündigte ihnen seinen heiligen Entschluß mit folgenden Worten an: ›Ich will auf dieser Erde Statthalter für euch erschaffen und euch zu mir in den Himmel aufnehmen!‹

Darauf fragten die Engel ihn: ›Wirst du wieder Wesen auf dieser Erde ansiedeln, die sie verderben und mit Blut bedecken, so wie es die Dschinnen taten?‹

Allah – möge Er gepriesen sein – erwiderte: ›Ich weiß, was ihr nicht wißt!‹

Nachdem Allah den Adam erschaffen hatte, befahl er den Engeln, vor ihm niederzuknieen. Alle Engel taten es außer Azazel, der sich weigerte und sprach: ›Warum soll ich vor diesem Geschöpf niederfallen, das Du aus Erde erschaffen hast, während Du mich aus dem Feuer schufest? Bin ich ihm nicht überlegen?‹

Wegen dieser Beleidigung wurde Iblis, wie wir Azazel auch nennen, von Allah in die Hölle geschickt, von wo er seither einen unerbittlichen Kampf gegen die Rasse der Menschen führt.

Auch die Feindschaft zwischen den Dschinnen und den Menschen geht auf diesen Vorfall zurück. Als Abel von seinem Bruder Kain getötet wurde, waren es die Dschinne, die ihm diese schändliche Tat eingeredet hatten und ihn darin unterwiesen, wie er sie auszuführen habe. Diese Fehde zwischen ihnen und den Nachfolgern Adams bestand bis zur Zeit des Propheten Enoch, der sie miteinander versöhnte. Doch kaum war Enoch gestorben, da erwachte auch wieder die alte Feindschaft, bis zu der Zeit, da Salomon erschien, dem Allah die Rasse der Dschinne unterordnete.

Es waren Dschinne, die unserem Herrn Salomon den berühmten Tempel bauten; und es waren Dschinne, die seine Armee auf fliegenden Teppichen von einem Ort zum anderen brachten; die kostbaren Gold- und Messinggeräte für den Tempel und den königlichen Palast wurden von Dschinnen angefertigt, und Tadmor, die große Stadt der Herrin Zainab, der Königin der Wüste, wurde ebenfalls von ihnen gebaut; kurz, die Dschinne waren allzeit bereit, die Befehle Salomons auszuführen.

Die Macht, die unser Herr Salomon über die Geister hatte, beruhte auf Zaubersprüchen, die Allah, der Allmächtige, ihm eingab. Er sammelte sie in einem Buch, das lange nach seinem Tod in seinem Tresor entdeckt wurde. Die Dschinne zitterten vor Salomon, denn dieser bestrafte sie sehr hart, wenn sie seinen

Befehlen den Gehorsam verweigerten: einige von ihnen verzauberte er in eine Flasche, die er versiegelte und auf den Grund des Meeres warf, andere verzauberte er in tiefe Brunnen, entlegene Verliese oder in die Gestalt eines Tieres.

Einige Lehrmeister berichten von einem Krieg, der vor kurzem zwischen den Dschinnen und einem Araberstamm – Ayatilah mit Namen – stattgefunden haben soll . . .«

Der Hajj Abu-l-Khidr wollte gerade in seinem Bericht über die Dschinne fortfahren, als er von den Freudenschreien der Frauen, die Ali begleiteten, unterbrochen wurde. Jubelnde Erregung verbreitete sich auf dem ganzen Dorfplatz, wo die Kunde von Alis triumphaler Rückkehr und seinen merkwürdigen Abenteuern die Runde machte.

Am nächsten Tag wurde Fatima in einem festlichen Zug zu ihres Vaters Haus in Dair Attiyah geleitet. Unterwegs rief eine Greisin mit lauter Stimme: »Bei Allah, es gibt in ganz Kalamun kein Paar, das besser zueinander paßt, wie diese beiden!« Mit lautem Beifall von allen Seiten wurde dieser Orakelspruch beantwortet.

Als der Zug sich dem Hause von Scheich Na'if näherte, traten Vater und Söhne ihnen freudestrahlend entgegen. Der Scheich Na'if ließ sofort den Mufti holen, um das Paar auf der Stelle zu trauen. Drei Tage lang dauerte die Hochzeitsfeier, dann kehrte Ali mit seiner schönen Braut nach Yabrud zurück, um mit ihr auf immer glücklich zu sein.

Es ist nicht sicher, ob Alis nächtliches Abenteuer dazu beigetragen hat, die Frage nach den Dschinnen im Sinne des Koran zu beantworten. Aber lange nach der glücklichen Heirat zwischen Ali und Fatima herrschten in Kalamun immer noch Zweifel darüber, ob Fatima tatsächlich ein menschliches Wesen und die Tochter Scheich Na'ifs sei, oder ob sie vielmehr eine Dschinnia sei, die sich in Ali verliebt hatte und eine Schauergeschichte inszenierte, um ihn einzufangen.

J. RENAUD UND T. ESSAFI

Ein seltsames Abenteuer in der Kasbah der Oudaia

Ich werde euch erzählen, was mir in der Kasbah der Oudaia[1]
Merkwürdiges widerfahren ist, ohne etwas zu verändern, weder
eine winzige Kleinigkeit noch eine Geste. Danach sollt ihr mir
euren Eindruck beschreiben; aber nicht, indem ihr wiederholt,
was man über Erscheinungen im allgemeinen zu berichten
pflegt, oder indem ihr euch an Abende erinnert, die ihr um einen
drehenden Tisch verbrachtet, dessen Fuß mit dem Übersinn-
lichen in Verbindung stand. Vielmehr sollt ihr euch ganz der
Wirkung dieser Geschichte überlassen, denn was sich darin
zuträgt ist wahr, genauso wahr wie die Tatsache, daß mein Leben
ein zielloses Umherwandern ist – von den Ufern des Kongo zu
den Rauchzimmern von Cholon, wo die Rauschgiftsüchtigen –
ihr Gesicht zum Himmel erhoben – von dieser Fee träumen, die
sie auslaugt und tötet . . .
Glaubt nicht, daß die Sonne des Kongo meinen Geist verwirrt
hat! Die Sonne dort ist eher eine Kraft, die den Willen anspornt.
Auch habe ich niemals Drogen zu mir genommen, und außerdem hat sich das Ereignis, von dem ich euch erzählen will, ganz
woanders zugetragen; weder im herrlichen Kongo mit seinen
Wäldern, deren Düfte einem zu Kopfe steigen noch in Cholon,
sondern in Marokko, im Marokko der Riffs, der zerklüfteten,
roten Gebirge, im Marokko der Minarette, die sich über einem
fatalistischen und gleichgültigen Islam erheben, in der Kasbah
der Oudaia von Rabat, in einer milden duftenden Dezembernacht, die mir wie eine Nacht an der Riviera erschien.
Laßt mich die Augen schließen, damit ich die Festung besser
heraufbeschwöre, die einem Tempel gleicht, der den Geistern
des Bu Regreg[2] geweiht ist. Ich sage mit Recht, den »Geistern«
geweiht, denn die Menschen haben sie dort noch nicht aus ihren
Zufluchtsstätten vertrieben. Das wird erst morgen geschehen,
wenn sie verängstigt fliehen – wie in Frankreich und überall in
Europa –, verschreckt durch das Keuchen der Lokomotiven und
die von Rauch und Qualm verpestete Luft, kurz, durch die

---

[1] Ein Teil von Rabat, der nach dem Araberstamm der Oudaia benannt ist
[2] Ein Fluß, der bei Rabat-Salé in den Atlantik mündet

gesamten Errungenschaften der modernen Industrie, die es darauf angelegt hat, die alte Erde von Grund auf zu verändern, die angefüllt war mit Legenden und Mythen, mit Wäldern, in denen Kobolde und andere Geister hausten.

Bis dahin leben sie in den verbleibenden Exilen, die Zwerge und Riesen, die Kobolde und Teufel, die hilfreichen und unheilbringenden Geister, wie die der Malaria, an der man stirbt, und die des Fiebers, die Sinnestäuschungen verursachen, die Geister des Glaubens, die den Menschen begeistern und zu großen Taten drängen, und die des Willens, die ihn große Opfer vollbringen lassen. All diese Geister existieren vom Kongo bis Kotschinchina, von Tongkin bis zu diesem Marokko, wo ich mit meinen eigenen Augen einen Geist gesehen habe, in der Kasbah der Oudaia, in einer milden Dezembernacht – und so deutlich sah ich ihn, wie ich euch jetzt vor mir sehe.

In der Kasbah der Oudaia ist alles wie dafür geschaffen, den Geistern Zuflucht zu gewähren; ein Ort voller Pracht und Schweigen! Man braucht sich nur die zahnlückigen Festungsmauern anzusehen, auf denen Störche träumen, in der Nähe alter Kanonen mit bunten Wappenschildern, und man fühlt sich in die Vergangenheit versetzt. Dann sieht man sie auf diesen Kanonen, deren Geschosse damals auf die Barbaresken[1] gerichtet waren, oder man sieht sie zwischen zwei Türmen sitzen und auf Salé[2] schauen, die wie eine Muselmanin hinter dem weißen Schleier ihrer Stadtmauer versteckt ist. Man sieht sie in dem Garten, in dem ein Festungsturm aus Ziegelsteinen dahinschläft, der von violetten Bougainvilleas bewachsen ist, die wie ein Wandteppich an den Seiten der alten Mauern herunterhängen. Die Sonne hat die Steine ausgetrocknet, die – wie Schwämme zerlöchert – verwittern und zerbröckeln und die Winden mit einer grauen Farbe pudern, so daß sie wie seltene Orchideen aussehen.

Die Kasbah der Oudaia von Rabat! Eine zauberhafte Gegend! Seltsamer Charme eines malvenfarbenen vergoldeten Gartens! Eine malerische Anlage, eingerahmt von Lavendelrabatten! Berauschende Wohlgerüche! Ein Paradies, wo ein leichter Wind die glockenartigen Blüten der Granatäpfel leise bewegt und wo das Rascheln der duftenden Orangenbäume das Klappern eines Storches untermalt. Heiligtum beschwörender Erinnerungen!

[1] ehem. Raubstaaten Algier, Tunis, Tripolis
[2] Stadt, die heute zur Stadtpräfektur Rabat-Salé zählt

Heiliger Hort herumirrender Geister und ungewöhnlicher Erscheinungen.

Geduldet euch!

Es war zwischen elf Uhr und Mitternacht, als sich diese merkwürdige Sache ereignete. Von der Terrasse der Oudaia, auf der ich mich an diesem milden Dezemberabend befand, sieht man Rabat mit seinen Häusern wie eine Herde weißer Schafe, die sich um ihre Schäfer – die hohen Minarette – scharen.

Ja, so war es! Rabat lag zu meiner Rechten mit seinen Straßen, die wie lange, dunkle Korridore aussahen, mit seinen Moscheen und Palästen. Zu meiner Linken lag Salé, verschleierter und geheimnisvoller als Rabat, betörender und verwirrender als je zuvor. In der Mitte verlief der Bu Regreg wie ein grünes Band. Ein einmaliges Schauspiel, in dessen Betrachtung ich versunken war, bis ich auf einmal eine weiße Gestalt bemerkte, die im Hintergrund der Terrasse stand.

Zunächst glaubte ich, daß eine Mohammedanerin bis hierher vorgedrungen war. Doch so spät in der Nacht verläßt keine muslimische Frau ihr Haus. Ich schaute auf meine Uhr und stellte fest, daß es genau elf Uhr war. Also konnte die weiße Gestalt am Ende der Terrasse keine Mohammedanerin sein.

Als ich mich neugierig näherte, wurde die Frau durchsichtig wie eine weiße Wolke; dann löste sich der weiße Dunst immer mehr auf, bis nur noch das Gesicht übrig blieb, das ich deutlich vor mir sah.

Unwahrscheinlich?

Wartet ab!

Es war das Gesicht einer jungen Frau, eingerahmt von weißen Haaren; sie glich den Damen vom Hof zur Zeit der Montespan. Ihre Augen waren groß, schwarz und metallen. Furcht überkam mich bei ihrem Anblick.

Um festzustellen, ob ich nicht träumte, kniff ich mich in den Arm, bis es blutete. Ich schaute in die Nacht. Rabat schlief und Salé lag weiß und geheimnisvoll da. Es duftete nach Orangenblüten, Zimt und Nelken... Ich nahm alles wahr.

Da stand das Gesicht auf einmal ganz nah vor mir, so daß ich alle Einzelheiten wahrnehmen konnte; ich sah ihren Kindermund, rot... glänzend... aufregend. In diesem Gesicht war nichts arabisch, weder das Aussehen noch der Ausdruck. Auf einer ihrer Wangen saß eine Fliege, kokett wie ein Schönheitsfleck. Ihr Mund lächelte mich an, und mit einer einladenen Kopfbewegung forderte die geheimnisvolle Frau mich auf, ihr zu folgen.

Wieder schaute ich in die Nacht. Sie war betörend mit ihren leuchtenden Sternen, dem Mond und ihren Düften. In der Ferne erklang eine Flöte und vergrößerte den Zauber dieser Stunde.

Ich stieg die Treppen der Terrasse hinab und folgte dem Geist, der im Schatten phosphoreszierend leuchtete. Hinter ihr überquerte ich den Friedhof der Oudaia, taub für die Stimme der großen Schmeichlerin, die auf diesem Feld der ewigen Ruhe die Schlafenden wiegt. Von Zeit zu Zeit wandte sich das Gesicht zu mir um und ermutigte mich, ihr weiter zu folgen.

Eine lange Weile war ich, Pardon, waren wir gegangen, bis wir zu einem beschädigten Marabouttempel gelangten, wo der Geist stehenblieb.

Das Gesicht lächelte mir noch zu, und die metallenen Augen – hört gut zu: die Augen senkten ihre Lider und blickten zu Boden, als ob sie mich darauf hinweisen wollten, daß dort etwas auf der Erde liegt. Ich konnte allerdings nichts anderes entdecken als eine Menge Kieselsteine. Als ich aufblickte, war das Gesicht verschwunden. Es war genau Mitternacht. Für alle Fälle kennzeichnete ich die Stelle und kehrte zur Kasbah der Oudaia zurück.

Am anderen Tag – seid doch nicht so ungeduldig! – Also am nächsten Tag trieb mich eine geheimnisvolle Macht und eine unbestimmte Vorahnung an diesen Platz zurück. Mit einer Hacke ausgerüstet, begab ich mich dorthin und grub an der Stelle, die der Geist mir angedeutet und die ich gekennzeichnet hatte.

Und genau an dieser Stelle entdeckte ich unter der Erdoberfläche dieses kleine Kästchen, das vor euch steht. Aber ja, genau dieses Kästchen!

Schaut, wie alt es ist! Seine Eisenbeschläge haben die Form einer stilisierten Lilie. Öffnet es ruhig!

Ja, das war sein Inhalt: eine Miniatur in einem Medaillon. Aber was das Seltsame daran ist: diese Miniatur ist das getreue Abbild des Gesichtes, das mir erschienen ist.

Nein, ich habe nicht geträumt! Ist es ein Traum, was ihr in euren Händen haltet?

Übrigens, schaut euch einmal den Rahmen genau an, was darauf eingraviert ist. Ja, ein Wappen, eine Devise und ein Datum: das Jahr 1750.

Aufgrund dieser wenigen Anhaltspunkte habe ich Nachforschungen angestellt. Ich habe mich bei den verschiedensten Antiquaren erkundigt und konnte schließlich in Erfahrung bringen, wem diese Wappen gehörten; ich sage gehörten, denn die Familie, die sie trug, ist um 1880 ausgestorben.

Nach langem Suchen fand ich die Archive der Familie und las in den Urkunden, daß eine gewisse Gräfin Adelaide-Marie kurz vor der barbaresken Küste mit allen Passagieren eines Schiffes umgekommen sei. Sie hatte sich auf die Seereise begeben, um ihrem Gemahl zu folgen, dem Gesandten des Königs in Chandernagor; und dies geschah im Dezember 1755.

1755 – Ludwig XV. – Indien – die Sultane. Rabat und Salé waren damals berüchtigte Schlupfwinkel von Seeräubern, die Schiffe angriffen und Christen in Gefangenschaft brachten, nachdem sie sie ausgeraubt hatten ...

Ist das nicht merkwürdig?

Hier ist die Miniatur.

Ich versichere, daß sie die Züge derjenigen getreu wiedergibt, die ich auf der Terrasse in der Kasbah der Oudaia gesehen habe, zwischen der elften und zwölften Stunde, in einer milden, dufterfüllten Dezembernacht, die wie eine Nacht an der Riviera war.

Tergou

In einem Kaffeehaus in Tlemcen begannen die Gäste über die Angst zu sprechen. Einer von ihnen, Haddou mit Namen, behauptete: »Ich habe keine Angst, weder vor Menschen noch vor Dschinnen!« Die übrigen Anwesenden wollten ihm das nicht glauben und nannten ihn einen Aufschneider. Haddou aber hielt seine Behauptung hartnäckig aufrecht, bis es schließlich zu einer Wette kam, und man ihn aufforderte:

»Wenn du wirklich so furchtlos bist, so geh um Mitternacht auf den Friedhof und schlag diesen Nagel in ein Grab, das wir dir nennen werden. Wenn dir das gelingt, laden wir dich zu einem Festessen ein!«

Haddou liebte ein gutes Mahl über alles. Er gehörte zu den Menschen, auf die das Sprichwort zutrifft:

Er hört von einem Festessen in Bagdad und denkt: das ist nicht weit.

Als es Nacht geworden war, ging Haddou zum Friedhof. Er gelangte zu dem Johannisbrotbaum, dem Versammlungsort der Heiligen und Geister, da überkam ihn plötzlich große Angst und er wagte es nicht, weiterzugehen. Er setzte sich unter den Baum, um sich von dem Marsch zu erholen. Haddou war ein ausgezeichneter Flötenspieler und trug dieses Instrument stets bei sich. Um seine Angst zu zerstreuen, holte er die Flöte unter seinem Gewand hervor und begann, ganz leise zu spielen. Da erblickte er auf einmal eine Frau, die sich ihm näherte. Als sie in einiger Entfernung vor ihm stand, streckte sie ihm die Arme entgegen, und er wußte, daß es Tergou[1] war. Sie begann zu tanzen, indem sie ihre Gestalt veränderte und abwechselnd sehr klein, dann wieder sehr groß erschien. Dabei sang sie: Dies ist die Belohnung für denjenigen, der nachts alleine hierherkommt, o Haddou! Und er antwortete auf seiner Flöte: Möge dich ein Unglück treffen, o Tergou!

Als er sah, daß sie weitertanzte und tanzend sich ihm näherte, indem sie ihre Einladung wiederholte, packte ihn das Entsetzen. Er stand schnell auf und machte sich aus dem Staube. Doch

---

[1] eine nordafrikanische Variante der Dschinnia

Tergou folgte ihm auf den Fersen; manchmal gelang es ihr fast, sich auf ihn zu stürzen, um ihn zu verschlingen. So trieb sie ihn bis zu der Hecke, die sich neben Aïn Wanzouta befindet. Haddou stürzte sich in die Hecke und schrie laut um Hilfe. Die Hunde des Gärtners hörten die Hilferufe und begannen zu bellen. Als Tergou – die bekanntlich Angst vor Hunden hat – ihr Gebell vernahm, floh sie, und Haddou blieb erleichtert in der Hecke liegen.

Bald darauf erwachten die Gärtner und folgten den bellenden Hunden. Sie gelangten zu der Hecke und entdeckten Haddou, wie er ohnmächtig darin lag.

Sie trugen ihn in ihr Haus, legten Kohlen aufs Feuer und zündeten die Petroleumlampen an, denn es war Winter. Dann ließen sie Butter in einem Pfännchen aus und ließen sie Haddou einnehmen.

Da öffnete er seine Augen und fragte: »Wer seid Ihr?«

Sie erklärten ihm: »Dies ist das Haus von Frasquito, der Milch und Gemüse in Tlemcen verkauft.«

»Laßt mich gehen!« bat er sie.

Sie erwiderten: »Wir lassen dich nicht eher gehen, bis du uns deine Geschichte erzählt hast.«

Sie bliesen in das Feuer; dann bildeten sie einen Kreis um ihn. Nachdem er seine Hände am Feuer gewärmt hatte, kramte er seinen Tabaksbeutel hervor und drehte sich eine Zigarette. Während er sie gierig rauchte, erzählte er ihnen von seiner Begegnung mit Tergou. Dann holte er seine Flöte unter dem Gewand hervor und spielte darauf, bis der Morgen graute. Sie kochten ihm einen starken Mokka, den er zu einem Stück frischen Brotes trank. Danach fühlte er sich wieder wohl und verließ sie.

Er ging zu dem vereinbarten Grab und schlug den Nagel darauf. Auf den alten Gräbern fand er Pilze, mit denen er seine Kapuze füllte. Dann begab er sich auf den Weg nach Tlemcen, wo er die Pilze für zwei Francs auf dem Basar verkaufte. Es schlug gerade 7 Uhr, als er das Kaffeehaus erreichte, und zum Glück fand er seine Freunde darin versammelt.

Sie sprachen über ihn und fragten sich: »Wie wird es Haddou diese Nacht wohl ergangen sein?«

In diesem Moment trat er zu ihnen ein und grüßte sie: »Der Friede sei über Euch!«

Einer aus der Gruppe rief ihm zu: »Wenn man vom Hund spricht, soll man den Stock bereithalten!«

Lachend machten sie ihm Platz und erkundigten sich: »Na, wie ist's? Hast du den Nagel eingeschlagen oder nicht?«

»Natürlich«, antwortete er ihnen, »ich bin um Mitternacht auf den Friedhof gegangen und habe den Nagel am vereinbarten Platz eingeschlagen, wo ich übrigens 2.50 Francs gefunden habe. Da die Nacht angenehm war und der Mond glänzte, bin ich dort spazierengegangen. Niemand befand sich auf dem Friedhof außer mir und den Schakalen, die schrecklich heulten ... Danach bin ich durch das Tor des Sidi Boumédine nach Tlemcen zurück- gekehrt, gerade zu dem Zeitpunkt, als man die Stadttore öffnete. Ich habe mich ins Kaffeehaus Ka'wan gesetzt, wo ich vier Kaffee bestellt habe: einen ohne Zucker, um den Schlaf zu verscheu- chen, einen mit etwas Zucker, um mich aufzuwärmen, einen Milchkaffee, um mein Brot darin einzutunken, und einen gezuk- kerten Kaffee, um eine Zigarette dabei zu rauchen. Seht, es bleiben mir noch zwei Francs. Wenn Ihr mir nicht glaubt, geht zum Friedhof und überzeugt euch selber!«

Dabei begann er vor ihren Nasen aufzustoßen, so daß sie den Kaffeegeruch in seinem Munde wahrnehmen konnten. Die Freunde waren beeindruckt von seinem Bericht. Nun schulde- ten sie ihm das versprochene Festmahl. Sie ließen es zubereiten und luden ihn dazu ein.

Haddou dachte bei sich: »Dieses Mal bin ich Tergou entkom- men; ich werde sie nicht noch einmal herausfordern! Nun aber sei Allah Dank für dieses Festmahl, das ich in der Gegenwart von Taugenichtsen esse!«

Die Taube der Moschee

Khadr sprach zu seinem Freund: Siehst du den Todesengel auf uns zukommen? Und heftige Angst überfiel den Freund, als er gestand: Oh, Gesandter Gottes, ich habe furchtbare Angst. Bitte deinen Gott darum, mich sofort nach Indien zu versetzen. So rief Khadr seinen Herrn, und Gott schickte einen seiner Engel, der Khadrs Freund im Nu nach Indien trug. Erstaunt näherte sich der Todesengel dem Propheten Khadr. Da fragte ihn Khadr: Was setzt dich so in Erstaunen? Und der Todesengel erwiderte: Mich wundert es nur, deinen Freund gerade hier gesehen zu haben, da es doch in der Tafel der Ewigkeit geschrieben steht, daß ich heute seine Seele in Indien in Empfang nehmen soll!

Geschichten der Propheten

Aref hatte den alten Taschenkalender in der staubigen Truhe gefunden, nebst einer Menge von zerfetzten Zeitungen, ausgedienten Schulbüchern und abgelegten Quittungen der Einkommens- und Eigentumssteuer, die sein seliger Vater für den Besitz in der Stadt und dem Dorf hatte entrichten müssen. Es war nicht das erste Mal, daß Aref an diesen Kalender geriet, kramte er doch häufig in der Truhe. Aber heute warf er ihn nicht gleichgültig in die Truhe zurück, sondern legte ihn beiseite, um ihn, wenn er des Kramens müde war, durchzublättern. Als er dann den Kalender zur Hand nahm und seinen silbernen Beschlag mit den goldenen Buchstaben betrachtete, kam es ihm vor, als kehre er um achtzehn Jahre in die Vergangenheit zurück, in das Jahr 1927, dessen Ziffern auf der angelaufenen Einbanddecke eingraviert waren.
1927! Unwillkürlich verließ ein leiser Seufzer seine Brust. Er lächelte, als er wieder zu sich fand. Versonnen begann Aref in den Seiten zu blättern. Notizen, viele Notizen! Und er las: Da war der Stundenplan des damaligen Schuljahres, eine Aufstellung mit den benötigten Sachen, um die er in der Ferienzeit seine Eltern im Dorf gebeten hatte. Dann Filmtitel mit Angaben über die Schauspieler und mit Kritiken an der Regie und Darstellung. Alles, was damals seine kleine Welt erfüllt hatte, war in den Seiten des Taschenkalenders vermerkt. Als er dann aber das Blatt des Donnerstag, 5. Mai, aufschlug, las er folgendes:
Ich werde im Jahre 1945 sterben, wenn Gott es so will!

Arefs Blicke wurden starr bei diesem merkwürdigen Satz, als
wolle er nicht glauben, daß er – der Satz – einst von demselben
Aref geschrieben worden war. Dann bildete sich ein Lächeln auf
seinem Mund, als er sich an die Welt der Geister und sonderbaren
Träume erinnerte, in die er vor achtzehn Jahren als Oberschüler
so oft versunken war. Gelangweilt warf er den Kalender wieder
in die Truhe, auf die zerfetzten Zeitungen und die alten Schulbü-
cher und Steuerquittungen.

Es war elf Uhr nachts, als Aref sich auszog, um ins Bett zu gehen.
Er verriegelte die Truhe und ergriff die Öllampe, um die Flamme
auszublasen. Zufällig fiel sein Blick auf den Wandkalender, und
er las das Datum des dahinscheidenden Tages: 30. Dezember
1945. Erneut wurde er hellwach. Die Zahl 1945 bekam plötzlich
eine völlig andere Bedeutung als in den vergangenen Tagen, in
denen er sie morgens und abends auf den Blättern des Kalenders
gelesen hatte. 1945 ...! Im Geiste sah er den alten Kalender und
las wieder, was seine Hand auf das Blatt des 5. Mai vor achtzehn
Jahren eingetragen hatte: Ich werde im Jahre 1945 sterben, wenn
Gott es so will!

1945! Unsinn! sagte sich Aref und schüttelte heftig den Kopf. Er
schämte sich, einem Satz nachzuhängen, der zu den Torheiten
seiner Jugendzeit gehörte. Er blies die Lampe aus und begab sich
zur Ruhe. Sein Kopf lag entspannt in den Kissen, doch seine
Nerven zitterten noch von wacher Lebenskraft. Nun ja, er war es
nicht gewohnt, sofort einzuschlafen. Jede Nacht mußten seine
Gedanken lange Reisen unternehmen, bevor sie so erschöpft
waren wie der Körper nach der Tagesreise und ihn dem Schlum-
mer überließen. Diese »Gedankenpflichtreisen« waren Aref nie
lästig geworden. Im Gegenteil, er freute sich auf sie und zählte sie
zu den schönsten Erlebnissen seines Daseins. Denn bei diesen
Gedankenreisen erlebte er noch einmal die Genüsse des vorange-
gangenen Tages, bereitete sich innerlich auf die Pflichten des
kommenden Tages vor, heilte mit Entschuldigungen die aus
Kümmernis und Betrübnis entstandenen Wunden und befrie-
digte dann im Traum die Wünsche, die in der Wirklichkeit zu
kurz gekommen waren. Er sehnte sich, fast wie ein Alkoholiker
sich nach einem Tropfen Arrak oder Gin sehnt, wenn er beides
nicht hat, nach dem wohlig betäubenden Gefühl, das ihn immer
überfiel, wenn der Geist durch den engen Paß zwischen Wach-
sein und Schlaf schwebte. Denn in diesem Paß wurden die
Träume Arefs zu Wirklichkeit, und die Wirklichkeit endete in
Träumen. Er suchte sich von beiden das Angenehmste aus und

ließ alles andere zurück. Äußerst selten überlebte ein unangenehmer Gedanke die Durchquerung jenes Passes. An seiner Mündung löste sich jede finstere Farbe in violettfarbenem Nebel der Vorschlafträume auf; und hinter dem Paß schwebte die Seele frei von allen Fesseln, rein von jedem Schmutz, in das unendliche Reich des Schlafes.

Auch in jener Nacht um die elfte Stunde bereitete sich Aref auf die gewohnte Gedankenreise vor. Er seufzte, streckte sich träge, deckte sich sorgfältig zu und suchte für seinen Kopf die bequemste Lage. Aber als er die Augenlider sinken ließ, erblickte er plötzlich eine Zahl aus vier Ziffern: 1945. Es war die Zahl, die er zuletzt gelesen hatte, bevor er die Lampe löschte, die Zahl, die er vor achtzehn Jahren in den Kalender eingetragen hatte! Wollte ihm diese verdammte Zahl die Nacht verderben? War er vielleicht nicht recht bei Verstand gewesen, damals, am 5. Mai 1927, solch einen Unsinn zu notieren? Aber war es nun Unsinn oder eine Weissagung? Allmählich hatte Aref das Gefühl, als greife eine kalte Hand aus der weiten Vergangenheit nach seinem Herzen und presse es aus. Und er merkte, daß seine Gedanken heute nicht fähig sein würden, die fröhlichen Welten aufzusuchen. Sie hafteten an der Unglück bringenden Zahl 1945 und an dem schrecklichen Satz des Kalenderblattes.

Vor achtzehn Jahren war er ein magerer, hagerer Jüngling gewesen, und er hatte kein Vertrauen zu sich selbst gehabt. Stets pflegte er den Kopf hinter anderen Klassenkameraden zu verstecken, damit der Lehrer seine Anwesenheit nicht entdecke. Auf dem Gebiet der Wissenschaft war er kein Held, ja ein Versager gewesen. So wandte er sich den Erzählungen zu, den legendären Geschichten. Ganz besonders fesselten ihn damals die Fabeln von den Dschinnen und der Bluff der Mystiker und Weissager. So war es nicht verwunderlich, daß er solch einen Satz hatte schreiben können, mit dem er sich glaubhaft machen wollte, er könne die Schleier des Unbekannten durchleuchten und im Namen der Kismah[1] sprechen. Welch unsinniger Einfall! Was für ein einfältiger Junge mußte er damals gewesen sein!

Der in sich verschlossene Junge hatte sich damals oft darum bemüht, das Innerste seiner Seele zu erforschen und seine verborgenen Kräfte auf die Probe zu stellen. Er war hart gegen sich selbst gewesen und setzte sich mit Genügsamkeit und Geduld durch. Er wollte seinen Geist gegen die Fehler feien, die er noch

[1] Schicksal

nicht begangen hatte. Es mochte wohl stimmen, daß er körperlich zart war, doch sein Wille war eisern und unüberwindbar. Niemals verließ ihn das Gefühl, durchdringende Augen zu besitzen und hellsehen zu können. Damals sprachen alle Bekannten von seiner guten Kinderstube und setzten Hoffnungen auf ihn. Wer weiß, vielleicht stammten die Worte auf dem Kalenderblatt gar nicht von ihm, sondern die Hand des Schicksals hatte sie mit seinen Fingern niedergelegt! Heute war sein Inneres verfinstert und die Seele mit vergänglichen, weltlichen Trieben und von Gier belastet. Kein Wunder, daß er sich vermessen über die Vorsehung des reinherzigen Knaben lustig machen wollte.

Und nun kommt, meine geliebten Träume!

Ich werde im Jahre 1945 sterben, wenn Gott es so will!

Aref fuhr zusammen, als er spürte, wie das Bett plötzlich unter ihm schwankte. Doch als er die Augen aufriß, fand er alles wie gewohnt. Nur seine Gedanken kreisten unentwegt um den einen Satz: »Ich werde im Jahre 1945 sterben, wenn Gott es so will!« Die klebrige Hand der Furcht drang durch seine Rippen, bemächtigte sich seiner Lungen. Erneut preßte er die Augen zu und versuchte sich einzureden, die Weissagung sei heller Unsinn. Was sonst? Wie konnte sie der Wahrheit entsprechen, da das Jahr 1945 drauf und dran war, seine letzten Atemzüge zu verschenken, während er, Aref, sich besten Befindens, strahlender Gesundheit und eines erfolgreichen Lebens erfreute. Er dachte an das Kalenderblatt des heutigen Tages. Es verzeichnete den 30. Dezember 1945. Mit anderen Worten: Das Jahr hatte noch die Zeit von einer Nacht und einem Tag zum Ableben! Vierundzwanzig Stunden! Aber in vierundzwanzig Stunden konnte viel geschehen!

Die klebrige Hand streichelte jetzt das heftig schlagende Herz mit ihren kalten Fingern. Angst, wirkliche Angst beschlich den schlafenden Aref. Was er in dem alten Kalender gelesen hatte, war weder das Gekritzel eines Schuljungen noch die Weissagung eines Knaben, dessen Hirn von mystischem Schwindel und Aberglauben erfüllt war. Es schien ein endgültiges Urteil zu sein, und es gab nur eine schwache Hoffnung, ihm zu entfliehen. Das wahre Wesen jenes Urteils zu ergründen, erschien Aref jetzt sinnlos. Wichtiger war es, einen Weg zu finden, ihm zu entgehen. Ob das Schicksal ihn schon eingekreist hatte? Oder gab es noch eine Lücke zum Entrinnen?

Er wußte nicht mehr, ob er sich mit diesen Gedanken in der Wirklichkeit oder im Traum befand. Jedenfalls dankte er dem Barmherzigen, daß er die letzten Stunden des Jahres 1945 in

dieser winzigen Stadt verbringen durfte. Wäre es in der Großstadt, würde es dem Schicksal vielleicht gelingen, ihm durch
einen Autounfall oder einen elektrischen Kurzschluß die Seele
aus dem Leibe zu treiben. Hier jedoch, in diesem Städtchen, wo
die Menschen friedlich lebten, wo das Leben behutsam seinen
Gang fortsetzte, gab es solche Möglichkeiten des Todes nicht!
Und beglückt dachte er daran, daß er der unheimlichen Weissagung entrinnen könnte, bliebe er die vierundzwanzig Stunden
daheim! Oder würde sie sich in den Drohungen Abu Suleimans,
seines Rivalen um den Besitz jenes Landstreifens verwirklichen?
Oder durch den Rachedurst der Familie Sa'das, sollte sie von
seinem Verhältnis zu Sa'da erfahren haben? Oder durch eine
plötzliche Kolik des Blinddarms, wovor ihn Dr. Schams-el-Din,
der Arzt des Städtchens, immer wieder gewarnt hatte?
Dies waren die drei schwachen Punkte, die dem Schicksal
übrigblieben, um Arefs Leben zu gefährden. Aber warum sollte
er dem Schicksal nicht den Weg verlegen? Mit diesem Entschluß
stürzte Aref sich förmlich in die Schlucht des Schlafes.

Abu Suleimans Erzählung

Der Streit zwischen Aref und mir war weiß Gott nicht heftig
genug, um Haß oder Rachegefühle zu hinterlassen. Um ehrlich
zu sein, mein Freund, muß ich gestehen, daß ich nicht sicher war,
auf wessen Seite das Recht nun wirklich lag. Es handelte sich
lediglich um die Grenze zwischen zwei Ländereien. Wir hätten
das ganze Problem spielend von einem Dritten lösen lassen
können, doch jeder von uns beiden blieb hartnäckig und wollte
mit dem Kopf durch die Wand. Als Sohn des seligen Salem
Agas gelang es Aref mühelos, das Gericht und die Darak[1] auf
seine Seite zu ziehen. So gewann er das umstrittene Land: einen
schmalen, dürren Streifen, der nur alle drei Jahre Früchte der
Arbeit trägt.
Als ich das Gerichtsurteil vernahm, verlor ich den Verstand und
vergaß sämtliche Freundschafts- und Nachbarschaftsrechte. Ich
kann und will mich nicht mehr daran erinnern, was ich damals
vor dem Gerichtsgebäude an Schimpfworten von mir gegeben
habe. Kannst du dir vorstellen, daß ich Aref mit dem Tode
drohte, Aref, den ich wie meinen Sohn Suleiman liebte? Verflucht sei der Teufel! Er hat mir in den Kopf gesetzt, daß ich Aref,

[1] Polizei

da ich fünf kräftige Söhne habe, nicht nur mit Unheil bedrohen, sondern die Drohung auch ausführen könnte. Wie oft ich das bei mir selbst bereute, vermagst du dir nicht auszudenken. Doch vor den anderen ließ mein Hochmut nicht nach. Auf mein Recht wollte ich nicht verzichten.

Der Allmächtige hat jedoch seine Männer; ich zweifle nicht daran, daß Aref zu ihnen zählte, zu den Männern Gottes! Denn am Tag vor seinem Tod suchte er mich auf und gestand mir voller Freundlichkeit: »Ich habe dich des Landes beraubt, Abu Suleiman. Ich bereue es aufrichtig und bitte dich, mir zu verzeihen. Auf das Land verzichte ich nun freiwillig. Da hast du das Schriftstück!«

Wie willst du dir das erklären? Du kanntest Aref nur als erwachsenen Mann, der in der Großstadt lebte und seinen Ländereien ein oder zwei Besuche im Jahr abstattete. Ich aber kannte ihn von frühauf, als er noch ein Knabe war. Wir haben ihn zu den Heiligen gezählt – nein, hör nicht auf das Gerede über ihn, das du heute belauschen kannst. Selbst die Propheten wurden von ihren Völkern beschimpft und herabgewürdigt, als die Welt noch die Welt war. Die Taube der Moschee nannten wir ihn damals. Ich glaube nicht, daß der Allwissende einen Anhänger vergessen kann, der so oft wie Aref zu ihm gebetet hat. Gewiß, er hat die Welt bereist und die Sprache der Europäer erlernt, doch Herzen sind verschlossene Truhen, mein Freund.

Auch wenn ich alles vergessen würde, werde ich ewig an Arefs letzten Besuch denken, als der Wind pfiff und der Schnee das Land bedeckte. Die Hunde bellten, lange bevor Sa'id, mein Sohn, ihm die Tür öffnete. Sicherlich war Sa'id äußerst überrascht, Aref vor dem Hauszaun in städtischer Kleidung und beduinischer Abaja[1] zu sehen, während er die Zügel seines Schimmels in der einen Hand hielt. Wahrhaftig, meinem Sohn blieb nichts anderes übrig, als die Tür weit aufzureißen und den Besucher willkommen zu heißen. In diesem Augenblick mußte Sa'id vergessen, daß die Wut gegen Aref unser tägliches Tischgespräch seit sechs Monaten gewesen war.

Als ich ihn sah, verschlug es mir die Stimme. Was kannst du tun, wenn jemand dein Haus betritt, der dein bitterster Gegner ist? Ich grüßte ihn und fragte nach seinem Befinden und brachte mein Erstaunen darüber zum Ausdruck, daß er zu Pferde gekommen sei. Ob er das Auto in der Stadt gelassen hätte? Er

---

[1] ein weiter mantelartiger Umhang

lächelte, und sein Lächeln war äußerst merkwürdig, voller
Scham, Furcht und Trauer. Er lächelte und erklärte, das Pferd sei
auf den unebenen und von Schnee bedeckten Straßen sicherer.
Ich konnte es nicht über mich bringen, ihn nach dem Grund
seines unerwarteten Besuches zu fragen, war doch unser Verhältnis gar zu gespannt. Aber ich vermied auch jede Andeutung,
die uns zum Besitzstreit hätte führen können. Ein langes Schweigen umhüllte uns, während wir vor dem Kaminfeuer saßen, bis
Aref plötzlich ein Schriftstück aus der Tasche zog, es mir aushän-
digte und sagte: »Hier hast du die Urkunde meines Verzichts. Ich
verzichte auf das umstrittene Land zu deinen Gunsten!«

Du kannst meine Überraschung ermessen, als ich dieses Doku-
ment erhielt, kannst dir die Verlegenheit vorstellen, in die ich
geriet. Das Land war, wie ich dir vorhin schon sagte, an sich
wertlos, doch der Streit und die boshaften Gefühle, die aus ihm
entstanden waren, gaben dem Stück Boden seinen eigentümli-
chen Wert. Und da stand nun mein Rivale vor mir, Aref, der
Sohn meines Nachbarn und Bruders Salem Aga, und goß großzügig Wasser über das üble Feuer. Ich schwor tausendmal, das
Geschenk nicht annehmen zu können, daß ich ihm das Land gern
überließe und von nun an jegliche Mißstimmung zwischen uns
vergessen sein solle. Dennoch bestand Aref auf seinem Verzicht
und meinte obendrein, ich würde ihm damit einen unermeßli-
chen Gefallen tun. Ich verachtete mich und wurde immer kleiner
vor ihm, der so alt wie meine Söhne zusammen und mir zweimal
zuvorgekommen war: mit seinem Geschenk und mit dem Besuch.

Nach dem Kaffee wollte er unbedingt weiterreiten. Ich warnte
ihn, daß es bitter kalt draußen sei und die Nacht bald anbrechen
werde. Daraufhin betonte er, daß er sich gerade deswegen
beeilen müsse, denn er habe noch einen weiteren Besuch abzu-
statten, bevor er in sein Haus vor Anbruch der Dunkelheit
zurückkehren wolle. Und auf meinen Einwand hin, er könne
den Besuch doch am darauffolgenden Morgen unternehmen,
erwiderte er, indem er das Pferd bestieg und die Kufija um den
Kopf wickelte: »Dies ist der letzte Tag des Jahres, Abu Suleiman.
Ich muß alle Rechnungen begleichen, bevor das Ende ein-
trifft.«

Er ritt davon. Der Himmel war trübe, und die Wolken hingen in
schwerem Grau. Das bedeutete, der Schnee würde in der kommenden Nacht noch heftiger als in der Nacht zuvor fallen. Als
der von den Nüstern des Schimmels aufsteigende Dampf lang-

sam vor meinen Augen verschwand, klang Arefs letztes Wort noch in meinen Ohren. Er müsse alle Rechnungen begleichen, bevor das Ende des Jahres einträfe! Der Arme wußte nicht – oder vielleicht doch? –, daß es nicht nur um das Jahresende, sondern um sein eigenes Ende ging.

Sa'das Erzählung

Ich weiß nicht, wie es geschah, doch »es« geschah wirklich. Ich glaubte, er wäre nach dreimonatiger Abwesenheit gekommen, mich gänzlich zu verschmähen. Doch nach wenigen Stunden mußte ich feststellen, daß das Leben ihn und mich verschmäht hatte.

War alles Arefs Schuld? Lebte er noch, würde ich ihn an jedem Tag verfluchen, in dessen Nächten ich von seiner Liebe und Zärtlichkeit träume. Ist das so sonderbar, liebe Sahra?

Aref bewohnte sein Haus nur während der Wintermonate. In den warmen Monaten verbrachte er seine Tage in der Hütte, nicht weit von unserem Hause. Von dort aus konnte er seine Ländereien hier und in der weiten Biegung des Tales überblicken. Dort auch, in der kleinen Hütte, pflegten wir uns an den Frühlingsabenden zu treffen, wenn die Sterne in der Kuppe des Himmels strahlten und auch an den sommerlichen Nachmittagen, wenn die Felder verlassen waren und die Bauern den Nachmittagsschlaf genossen. Er war der Sohn Salem Agas; nicht daß sein Vater würdiger als der meine war, dennoch studierte Aref in der Großstadt, während ich mich mit der Schule unseres Städtchens begnügen mußte. Als meine Mutter starb, bestand mein Vater darauf, hier inmitten der Felder zu leben.

Um bei der Wahrheit zu bleiben, liebe Sahra, muß ich zugeben, daß ich jedes Mittel angewandt habe, um Aref auf mich aufmerksam zu machen. Und am Ende verliebte ich mich in ihn! Von da an schlich ich mich in den mondlosen Nächten in seine Hütte. Es war nicht schwierig, jedoch gefährlich; denn in jedem Augenblick konnte mein Bruder Wahid, der stets sein Gewehr bei sich trug, nach Hause kommen und mich suchen. Doch glaube mir, nichts ist schöner und aufregender als ein heimliches Stelldichein. Die Seele schmilzt im Kuß, und in der Umarmung hält das Leben, die Welt, den Atem an. Das, gerade das löschte alle Fragen in meinem verliebten Kopf, die Fragen, die ich mir während der Stunden des Alleinseins zurechtgelegt hatte. Ich wollte Aref sagen, daß wir bereits zu weit gegangen seien und ihn fragen, wann wir heiraten würden. Bis ich eines Nachts die Gelegenheit wahrnahm und Aref flüchtig fragte, was das Ende unseres Verhältnisses mit sich bringen würde. Ich bereue es noch heute, denn mit dieser Frage ließ ich einen Sturm frei, der aus unserer Liebeshütte einen Trümmerhaufen machte. Er warf mir vor, ich hätte ihn verführt; und ich beschuldigte ihn, er hätte meine Schwäche ausgenutzt. Es war eine heftige, unangenehme Szene, die mit meiner Warnung endete, mein Bruder sei nicht von der Großstadt verdorben; niemals würde er ein hilfloses Mädchen seiner Ehre berauben; er sei der tapferste und härteste unter den Talbewohnern und er könne außerdem mit dem Gewehr einen Nagel im Dunkeln treffen!

Dann kam der Herbst, der Herbst des Jahres und meines Herzens. Der Hochmut half mir, den Kopf einige Tage aufrecht zu tragen, doch die Liebe war stärker, und ich senkte ihn still. Aref war inzwischen fort, und die Hütte stand öde da. Ich dachte über unseren Streit und meine Drohung nach und biß mir in den Finger vor Reue. Was hatte ich nun erreicht? Ob er je zurückkam, nachdem ich seinen Stolz verletzt hatte? Ich hatte jede Hoffnung aufgegeben.

Doch eines Abends kam er zurück. Der Schnee bedeckte die Felder in diesem härtesten Winter, den wir je erlebt haben. Ich öffnete die Tür in dem Glauben, der Mann, der draußen den Schnee von den Schuhen und Kleidern abschüttelte, sei mein Bruder. Doch es war Aref. Er hatte seinen Schimmel angebunden und suchte meinen Vater. Seine Stimme klang heiser. »Wo bist du, Walid?«

Als ich ihn nur einen Meter von mir entfernt stehen sah – fünfzig Nächte lang hatte ich von ihm geträumt –, konnte ich mich nicht mehr beherrschen. Ich war allein zu Haus, daher brauchte ich keinen Zwischenfall zu fürchten. Sehnsüchtig warf ich mich ihm um den Hals und begrub meinen Kopf in der Abaja, die er über seiner städtischen Kleidung trug. Als ich spürte, daß er sich von mir befreien wollte, drückte ich mich um so fester an ihn. Ich konnte es kaum glauben, daß er bei mir war, daß wir uns allein in einem verlassenen Haus inmitten der schweigenden Natur befanden. Ich griff nach seiner Hand und führte ihn in mein Gemach. Da fragte er: »Sa'da, weißt du, weshalb ich gekommen bin?«

»Vielleicht hast du gehört, wie ich bei Nacht nach dir rief?«

»Ich will um deine Hand werben, Sa'da. Glaubst du, die Stunde sei geeignet?«

Freude und Überraschung überwältigten mich, und Tränen stürzten in meine Augen, als ich den Kopf an die Brust Arefs bettete. Er dagegen rief leise: »Ich höre Geräusche, Sa'da!«

Ich hielt den Atem an und glaubte, die Schritte meines Bruders im Gästezimmer zu vernehmen. In diesem Augenblick beschlich mich ein plötzliches Angstgefühl, und ich bat ihn: »Schnell fort, ich flehe dich an, damit mein Bruder dich nicht hier antrifft!« In dem schwachen Licht der Öllampe las ich einen Ausdruck der Trauer und Hingabe, nicht aber der Furcht in dem Antlitz Arefs, und er sagte: »Das habe ich befürchtet, Sa'da. Wie konnte ich nur dein Gemach betreten!«

Darauf erwiderte ich ermutigend: »Wenn du dich leise hinausschleichst, wird niemand etwas merken. Das Haus ist dunkel, und mein Bruder würde nicht daran denken, mich hier aufzusuchen.«

Mein Herz trommelte, als Aref leise sein Pferd bestieg. Von dem dumpfen Lärm der Hufschläge auf dem mit Schnee bedeckten Weg beunruhigt, steckte mein Bruder den Kopf aus dem Fenster hinaus und rief: »Sa'da!«

Ich eilte mit mörderischem Herzklopfen ins Gästezimmer. Glücklicherweise war es ziemlich dunkel, wodurch es für mich leichter war, meine Erregung zu verbergen. Seine Augen funkelten vor Zorn, und er fauchte mich an: »Wer hat das Haus soeben zu Pferd verlassen?«

Ich spielte die Überraschte: »Ach, du bist da? Ich wußte nicht, daß du schon zurück bist! Was hast du gefragt? Ach so, ja, das war unser eingebildeter Nachbar Aref, der Sohn Salem Agas.«

»Was hatte er hier zu suchen?«

»Er wollte Vater sprechen und schämte sich nicht, mir seine Absicht ins Gesicht zu sagen. Er sei gekommen, um meine Hand zu erbitten. Ich beschimpfte ihn und warf ihn hinaus. Das wird wohl sein letzter Besuch gewesen sein, nehme ich an.«

Mein Bruder dachte eine Weile nach, als könne er mir nicht ohne weiteres Glauben schenken. Dann lachte er herzhaft und laut, und es klang auch ein wenig Stolz mit: »Und du hast ihn eingebildet genannt? Der arme Aref, sicherlich mußte er sich vorher in Demut üben. Doch warte, ich werde ihn für dich zurückholen!«

Erleichtert atmete ich auf; er hatte mir also geglaubt. Seinen Worten hatte ich in der Aufregung nicht allzuviel Gewicht beigemessen, doch als er auf sein Pferd zuschritt und davonritt, ergriff mich die Furcht. Ob Aref so klug sein würde, in meinem Bruder keinen Verdacht zu erwecken?

Die ganze Nacht lang konnte ich keine Ruhe finden. Ich mußte wissen, was sich zwischen den beiden abgespielt hatte. Als der Tag hell wurde, kehrte mein Bruder allein zurück. Da erfuhr ich, daß statt all meiner Erwartungen das Schlimmste eingetroffen war: Aref, mein Geliebter, der um meine Hand werben wollte, war tot, und ich würde nie seine Frau werden.

Dr. Schams el-Dins Erzählung

Das Geheimnis, das ich dir verraten will, würde mich um meine Stellung bringen, sollte der Ärzteverband davon erfahren. Die Medizin ist keine Wissenschaft, sondern eine Art Selbsttäuschung. Und wir Ärzte wissen besser als jeder andere, wie wenig wir von den Verborgenheiten des Lebens und den Geheimnissen des Todes ahnen.

Wenn du hörst, der Arzt Soundso wisse sehr viel, so bedeutet das nur, daß er sehr gut weiß, wie wenig er weiß.

Aber was nutzt das?

Unsereiner erkennt diese Tatsache erst nach einem langen Studium, nach den härtesten Schlägen des Lebens. Ein Zurückweichen ist dann unmöglich. So bleibt einem nichts anderes übrig, als vorwärtszustreben und die Komödie bis zum bitteren Ende zu spielen. Du irrst, wenn du meinst, ich würde den Verlauf einer Krankheit zügeln, wenn ich dem Patienten ein Medikament verschreibe. Damit gebe ich ihm und seinen Anverwandten eine Beschäftigung und verfolge – wie sie – die Reaktion des Körpers auf die Faktoren der Krankheit. Der Patient kann unter einem leichten Katarrh leiden, dennoch vergesse ich nicht, wenn ich ihn untersuche, die Augenbrauen besorgt zusammenzuziehen, denn die Verwandten beobachten unentwegt jede Geste, jedes Mienenspiel. Sollte der Patient unerwartet sterben, würde ich jederzeit einen Zeugen unter ihnen finden, der gesteht: »Seine Lage – Gott möge ihm gnädig sein – war vom ersten Tag an gefährdet. Das habe ich aus dem besorgten Gesicht des Arztes, der ihn untersuchte, gelesen. Wahrlich, er ist ein fähiger Arzt.« Ich bin fähig, nun ja, doch nicht im Bereich der Medizin, wohl aber in dem der menschlichen Beobachtung.

Sowohl viele Menschen als auch Bücher über Medizin behaupten, der Tod sei das Ergebnis einer Erkrankung. Glaub das ja nicht; richtiger könnte man sagen: Der Tod ist der Erzeuger einer Erkrankung. Da ist einer deiner Freunde, dessen Leben zu Ende gehen mußte; wenn du die unsichtbaren Naturkräfte erblicken könntest, hättest du Netze gesehen, die auf deinen Freund aus allen Richtungen sinken und ihn in die Falle des Unvermeidlichen zwingen. Wenn er sich dann leicht erkältet und der Arzt befragt wird, reibt der Medizinmann sich freundlich und beruhigend die Hände mit den Worten, es sei eine leichte Erkältung und sie werde bald nachlassen. Dennoch stirbt der Freund vor deinen Augen; da schüttelt der Arzt den Kopf, zuckt mit den Schultern und meint, der Tod deines Freundes sei illegal, da die Medizinbücher ihn in diesem Fall nicht erlaubt hätten! Dein Freund ist nicht entschlafen, weil die Krankheit ihn ereilt hat, sondern weil er sterben mußte. Alle Menschen scheiden deswegen dahin, und so ist auch unser Freund Aref in die Barmherzigkeit seines Herrn eingegangen.

Armer Aref! Ihn hat eine Krankheit erledigt, die er nicht hatte. Sein Blinddarm machte mir Sorgen, er aber lachte stets und maß meiner Warnung nicht das geringste Gewicht bei; er pflegte sogar zu sagen: »Solange der Blinddarm überflüssig ist, fürchte ich ihn nicht! Nur echter Mangel kann töten, Herr Doktor!« Doch sein Hohn und Spott vermochten ihn nicht vor dem »überflüssigen« Blinddarm zu retten. Ehrlich gesagt, weiß ich nicht, wo ich diesen Darm in der Geschichte einreihen soll. Wenn Aref starb, weil sein Blinddarm gesund war, können wir nicht behaupten, der Blinddarm sei an dessen Ableben schuld gewesen. Stets empfinde ich, wenn ich Arefs Tod bedenke, was ein Ochse empfindet, der mit verbundenen Augen ständig um den Brunnen kreist und dabei das Wasser aus der Bodentiefe schöpft, vorausgesetzt natürlich, daß der Ochse überhaupt irgend etwas dabei empfindet.

Am Morgen jenes 31. Dezember 1945 kam Aref in meine Praxis. Er sah wie immer aus: kräftig, gesund, ruhig und sanft lächelnd. Nur in seinen Augen bemerkte ich ein Unbehagen. Vielleicht bildete ich mir das auch nur ein, vielleicht aber stimmte mein Eindruck. Jedenfalls zog Aref sich aus und fragte mich: »Wie ist der Befund meines Blinddarms, Herr Doktor?«

Ich mußte lachen. Wahrscheinlich hat er in der vergangenen Nacht ein paar Stiche verspürt, dachte ich. Doch seine Temperatur war normal, der Puls ruhig und die Zunge sauber. Auch der Schmerz, den ich durch festes Drücken auf die Blinddarmgegend erzeugte, war nicht mehr als ein sachtes Zittern, das Aref überhaupt nicht verspürt haben konnte. So klopfte ich ihm auf die Brust mit den Worten: »Es ist nett von dir, endlich auf die Überheblichkeit zu verzichten und dich um deinen Blinddarm so besorgt zu kümmern. Doch ich finde ihn in bester Ordnung. Was hat dich überhaupt dazu bewegt, dich untersuchen zu lassen?«

Er beantwortete meine Frage nicht unmittelbar, sondern fragte ernsthaft: »Glaubst du, daß er mir vor Beginn des neuen Jahres keinen Streich spielen wird?«

Ich lachte kurz auf und antwortete: »Morgen beginnt das neue Jahr. Das also ist der Grund deines Besuches! Du solltest deinem Blinddarm dafür danken, daß er im ganzen vergangenen Jahr so friedlich war. Solange du in unserem Städtchen weilst, wo es keine Nachtgesellschaften oder -lokale gibt, und solange du nicht die Absicht hast, Ski oder Schlittschuh zu laufen, garantiere ich dir, daß er das neue Jahr in bester Harmonie mit dir beginnen wird!«

Er lachte gezwungen, drückte mir die Hand und verabredete sich für den nächsten Tag mit mir.

Doch noch am selben Tage sah ich ihn wieder. Ich verbrachte den Abend bei Sami, der Neujahr und den Geburtstag seines Erstgeborenen zugleich feierte, als man mich zu Aref rief. Unser Städtchen ist, wie du siehst, nicht allzu groß. So eilte ich zu Fuß in Arefs Haus und hoffte, bald zu der Party zurückkehren zu können. Aref lag mit roten Wangen und großen Fieberschweißperlen auf der Stirn zu Bett. Als er mich erblickte, starrte er mich mit weit aufgerissenen Augen an und flehte: »Der Blinddarm, Doktor Schams el-Din, der Blinddarm!«

Diesmal muß es doch der Blinddarm sein, dachte ich und erinnerte mich an seinen Besuch am Morgen. Warum dachte er unentwegt an den Blinddarm, wenn es keinerlei Befürchtungen gab? Warum hatte er mich an jenem Morgen besucht? Auf alle Fälle mußte ich ihn beruhigen. So sagte ich, indem ich seinen Puls zählte: »Warum hast du Angst vor dem Blinddarm, Aref? Sollte er wirklich beunruhigend reagieren, könnte man ihn mit Eis besänftigen. Es ist leichter, ihn zu operieren, als eine Geschwulst zu schneiden.«

Er blickte von mir fort und klagte mit der Stimme eines Mannes, der eine verlorene Sache aufgibt: »Fertige mich nicht mit Hoffnungen ab. Ich spüre, daß das Ende kommt.«

Ich klopfte beruhigend auf seine Schulter: »Ich kenne dich doch gar nicht so ängstlich, Aref? Was tut dir weh?«

»Mein Bauch. Das Fieber schüttelt meine Rippen.«

Eine Stimme aus dem Hintergrund meinte: »Es ist von der Kälte, Herr Doktor. Sein Pferd ist die Strecke zwischen unserem Dorf und diesem Ort pausenlos galoppiert. Über eine Stunde lang verfolgte ich ihn, aber erst vor dieser Tür konnte ich ihn einholen.«

Ich wandte mich um. Es war Wahid, der riesige, freche Kerl, den ich seines Hochmuts wegen nicht leiden kann.

»Habt ihr ein Rennen in dieser Kälte veranstaltet? Der Schnee ist doch eine einzige Rutschbahn!«

Darauf Aref: »Sag mir, dies sei das Ende, Doktor! Du hast mich vor dem Skilaufen gewarnt, und ich tat noch Schlimmeres.«

Ich konnte seine Befürchtung nicht begreifen und erwiderte: »Nimm dich zusammen, Freund! Dein Blinddarm ist vernünftiger, als du denkst. Du bist lediglich erkältet.«

Argwöhnisch schaute er mich an: »Willst du mir etwas verheimlichen? Es muß der Blinddarm sein! Und es mußte so kommen! Vergeblich habe ich versucht, diesem Ende zu entrinnen.«

»Ich verstehe zwar nicht, was du soeben gesagt hast, aber eins weiß ich gewiß: Es hat mit dem Blinddarm ganz und gar nichts zu tun!«

»Wie spät ist es?« fragte er plötzlich.

»Ich werde dir nun eine Spritze gegen das Fieber geben und hoffe, dich morgen gesund und kräftig wiederzusehen. In zwei Stunden und sieben Minuten sagen wir dem alten Jahr Lebewohl.«

»Tu, was du für richtig hältst. Zwei Stunden und sieben Minuten? Himmel, das ist eine Ewigkeit! Gibt es eine andere Krankheit außer Blinddarmreizung, die in zwei Stunden und sieben Minuten das Leben beenden kann?«

Da sagte ich lachend: »Das kann nur ein geplatzter Blinddarm zustande bringen. Und dein Blinddarm ist völlig normal, nicht einmal gereizt. Beruhige dich nun und schlafe unbesorgt.«

Doch er flüsterte nur: »Dann wird es doch der Blinddarm sein!«

Wut packte mich über diese hartnäckige Behauptung. Doch das steigende Fieber entschuldigte ihn, sicherlich phantasierte er im Fieber. Ich gab ihm die Spritze und verabschiedete mich. Wahid, der Mann, den ich nicht leiden konnte, folgte mir, und ich fragte ihn: »Weshalb wart ihr zu Pferde in dieser finsteren Nacht?«

»Es war nichts Besonderes oder vielmehr eine Lächerlichkeit, die ich Ihnen nicht erzählen kann. Ich wollte ihn einholen, um ihm bei einer Sache zu helfen, derentwegen er mich aufgesucht hatte. Aber er ritt drauflos, als sei der Tod hinter ihm her! Ich fürchtete, sein Pferd würde stolpern; das hätte ein böses Ende geben können. Als ich ihn endlich einholte, war er erschöpft und dem Zusammenbruch nahe. So half ich ihm herein. Ist seine Lage gefährlich, Herr Doktor?«

Ich zog wie gewohnt die Augenbrauen zusammen und äußerte nur: »Wir besuchen ihn morgen.«

Und wir besuchten ihn am Morgen, aber er war bereits entschlafen! Woran ist Aref gestorben? Richtiger wäre es zu fragen: Warum ist Aref gestorben? Aber auf diese Frage gibt es keine Antwort. Am Blinddarm hat es sicherlich nicht gelegen, vielleicht an der Furcht davor? Deswegen habe ich vorhin zu dir gesagt, daß Aref einer Krankheit erlegen ist, die er nicht kannte. Vielleicht findest du darin ein Rätsel oder eine falsche Diagnose. Ich bin jedoch darüber hinweg, mir solche Fragen zu stellen. Alles, was ich mit Sicherheit weiß, ist, daß der erste Tag des Jahres 1946 angebrochen war und daß Aref seinen Anbruch nicht erleben konnte.

Die Qarina

25 Jahre lang lebte ich in Najd[1], und während dieser Zeit habe ich einmal mit eigenen Augen eine Dschinnia gesehen und mit ihr gesprochen. Stellt euch vor, sie hat sogar ihre Hand auf meine Schulter gelegt.

Das war so: Eines Tages kam ich von Ibn Raschid in Hail und kehrte zu meinem Haus zurück, das in einer Entfernung von ungefähr fünfzehn Minuten lag. Am Weg sah ich im Lichte des Vollmonds ein junges Mädchen sitzen. Sie war wunderschön, schöner als die Tochter irgendeiner menschlichen Frau. Sie trug seidene Kleider, und ihre Handgelenke und Fesseln schmückten goldene Ringe. Um ihre Schultern lag ein weißer Umhang, der so leuchtete, als ob er aus den Strahlen des Mondes gewebt sei.

Sie erhob sich, als ich an ihr vorbeiging, und folgte mir auf den Fersen.

»Der Friede sei mit dir, o Salih!« sprach sie mich an wie einen alten Freund.

»Von welcher Gegend bist du?« erkundigte ich mich.

»Ich bin vom Dorf Nasiya«, antwortete sie, »und wohne in der Nähe von Ibn Raschids Gut, ungefähr zwei Stunden von hier entfernt. Laß mich dich begleiten!«

»Sei mir willkommen«, erwiderte ich.

Wir gingen Seite an Seite. Nach einer Weile sagte ich zu ihr: »Frau, ich fürchte, daß dies meinem und deinem Ruf schaden könnte. Geh in einer Entfernung von zwei Minuten hinter mir her!«

Sie aber entgegnete: »Das macht nichts. Es ist Nacht! Wer kann uns jetzt sehen?« Tatsächlich war es halb zehn abends.

Nach einiger Zeit legte sie ihren Arm hinter meinen Kopf und ihre Hand auf meine Schulter. Ihre Hand war weich und leicht wie Baumwolle, und sie duftete nach Blumen und Sandelholz. Da sagte ich zu ihr: »Frau, nimm deine Hand von meiner Schulter! Ich befürchte, jemand könnte uns so sehen.« Ich war diese Nacht nämlich von einer Gruppe von Freunden eingela-

[1] Stadt im Irak

den, und sie warteten in einem Garten auf mich. Wenn sie mich aber so gesehen hätten, hätten sie verächtlich und entehrend über mich gedacht und geredet.

Sie nahm ihre Hand weg und so gingen wir ungefähr zwei Minuten nebeneinander her. Da sah ich einen meiner Freunde am Weg auf mich warten, und ich sagte zu ihr: »Frau, geh nun hinter mir her, denn ein Mann wartet auf mich am Wege, und ich fürchte, er könnte dich sehen.« Dieses Mal folgte sie meiner Aufforderung und ging hinter mir her.

Mein Freund kam mir entgegen, grüßte mich mit dem Friedensgruß und lud mich ein: »Komm, tritt ein, alle Freunde warten auf dich!«

Ich entgegnete ihm: »Ich will noch erst nach Hause gehen und meine Kleider wechseln, dann komme ich.«

Mein Haus war nicht weit entfernt von dem meines Freundes. Als ich es betreten wollte, sah ich, daß die Frau mir folgte. Mein Freund sah sie auch und wollte sie festhalten, aber sie versank vor ihm in den Boden und rief: »Salih, Salih!«

»Die Frau, die dir folgte, war eine Dschinnia!« sagte mein Freund, doch ich entgegnete: »Das stimmt nicht! Die Frau ist keine Dschinnia, sondern eine Tochter Evas.«

»Bei Allah, sie war eine Dschinnia«, wiederholte mein Freund.

Er holte eine Petroleumlampe und hielt sie genau über die Stelle, wo sie verschwunden war, und wir sahen ihr weißes Gewand da liegen, makellos weiß und ohne Staub.

Ich war verwirrt und fühlte mich unwohl, weil sie ihren Arm um meine Schulter gelegt hatte. Mein Freund aber, der sie hatte festhalten wollen, wurde sterbenskrank.

Die nächste Nacht kam sie zu mir, als ich im Bett lag und schlief; sie erschien mir im Traum. Die folgende Nacht kam sie wieder, und ich erhob mich und ging auf die Terrasse, wo meine Frau und meine Kinder schliefen. Die Dschinnia folgte mir und bat mich um Kaffee und Tee. Ich ging in die Küche, um ihr Tee und Kaffee zu machen. Sie trank zwei Tassen, dann bat sie mich, im Bett neben mir liegen zu dürfen. Es war fünf Uhr in der Nacht, und meine Frau hörte unsere Stimmen; sie stieg von der Terrasse herunter und kam zu uns an den Tisch, aber inzwischen war die Dschinnia verschwunden und sie fand mich alleine am Tisch.

»Wer war gerade bei dir?« fragte sie mich.

»Niemand war bei mir«, log ich.

»Aber warum sitzt du dann hier und trinkst Kaffee?«

»Ich konnte nicht schlafen; darum stand ich auf und machte mir Tee und Kaffee.«

»Aber ich habe doch Stimmen gehört. Hier war gewiß jemand.«

»Nein«, sagte ich, »niemand war hier!«

In der nächsten Nacht erschien mir die Dschinnia wieder, als ich bei meiner Frau schlief. Sie stand an meiner Seite des Bettes und sprach zu mir: »Dein Freund ist schwerkrank, und ich habe seine Krankheit verursacht. Warum hat er mich auch festgehalten und meine Kleider berührt? Wußte er nicht, daß ich die Tochter eines Dschinnensultans bin? Ich komme, um dir zu sagen, daß ich nicht grundlos Unheil über ihn gebracht habe. Und ich will dir verraten, wie du ihn heilen kannst: Nimm Wasser, spucke hinein, und gib es deinem Freund zu trinken; dann wird ihn die Krankheit sogleich verlassen.« Es war kurz vor der Morgendämmerung, und mit dem Tagesanbruch verschwand die Dschinnia.

In der folgenden Nacht kam sie zu mir, als ich schlief, und sie schlang ihren Arm um mich. Ich war sehr besorgt wegen meiner Frau, die im gleichen Zimmer war. Als die Dschinnia sie bemerkte, verschwand sie.

Am Morgen kamen meine Freunde, und ich erzählte ihnen, was passiert war. Sie rieten mir: »Befreunde dich mit ihr, sie wird dich zu einem reichen Mann machen!«

Doch ich entgegnete ihnen: »Ich begehre weder ihre Freundschaft noch ihren Reichtum; im Gegenteil, ich fürchte sie!«

Mein Onkel mütterlicherseits ist ein Gelehrter, der weiß, wie man Geister austreibt. Noch am gleichen Morgen ging ich zu ihm hin und erzählte ihm meine Geschichte von Anfang bis Ende. Ich bat ihn, in mein Haus zu kommen und einen Zauberspruch zu rezitieren, so daß die Dschinnia nie mehr zu mir zurückkäme.

Mein Onkel kam mit einigen alten Büchern zu uns und las daraus Zauberformeln, indem er sich an alle Sultane und Prinzen der Geister wandte und sie beschwor, daß ihre Tochter mich durch ihre Erscheinungen nie mehr quälen sollte, ansonsten er ihr Schaden durch Zauberkraft zufügen würde.

Dies alles sprach er unter den Teppich, den er gelüftet hatte[1]. Und von dieser Stunde an habe ich sie nie mehr gesehen.

---

[1] d.h. in die Unterwelt und geht von der Vorstellung aus, daß die Geister unter der Erdoberfläche leben.

MAHMUD TAIMUR

Wenn wir mit Geistern leben

Wir verbrachten den Abend bei unserem Freund Aglan Bey. Die
Unterhaltung plätscherte ruhig und heiter dahin, wenn sie nicht
durch eine besinnliche Betrachtung unterbrochen wurde. Draußen herrschte eisige Kälte. Ab und zu kam ein heftiger Wind auf,
der Türen und Fenster schüttelte, so daß sie knarrten und stöhn-
ten. Wir aber waren geschützt vor den Unbilden der Witterung.
Unser liebenswürdiger Gastgeber hatte ein elektrisches Heizgerät im Salon aufstellen lassen, das nicht nur eine wohlige Wärme
verbreitete, sondern überdies ein behagliches rotflackerndes
Licht ausstrahlte. Um unsere Gaumen zu kitzeln, standen auf
einem Teetisch eine Mezze[1] und Kuchen bereit. Durch den
Schein der Wandlampen wurde der ganze Raum in ein zauberhaftes gedämpftes Licht getaucht.
Die zarte Gestalt unseres Gastgebers, der auf die sechzig zuging,
war in einen weiten, schwarzen Umhang mit heruntergeschla-
gener Kapuze eingehüllt. Die wenigen Falten, die sein Gesicht
durchfurchten, ließen auf ein ruhiges und zufriedenes Alter
schließen. In einen tiefen Sessel versunken, schlürfte er genüßlich seinen Tee, indem er hin und wieder einen flüchtigen Blick
auf das Heizgerät warf, als ob er sich auf diese Weise etwas mehr
Wärme für seinen schwachen Körper verschaffen könnte.
Die Gespräche drehten sich nun um das Thema »Spiritismus«.
Unser Gastgeber hörte uns mit großer Aufmerksamkeit zu,
ohne sich selber an der Unterhaltung zu beteiligen. Schließlich
fragte einer von uns ihn nach seiner Meinung:
»Halten Sie wenig oder nichts vom Spiritismus?«
Aglan Bey zündete sich eine Zigarre an und stieß lange Rauch-
spiralen zur Decke. Dann nippte er an seinem Tee und begann
mit seiner tiefen Stimme leise zu sprechen, so leise, daß man ihn
gerade noch verstehen konnte, wenn man aufmerksam zuhörte.
Das Seufzen des Windes, das sich wie eine Begleitmusik aus-
nahm, beschwor die Geister, die um das Haus herumirrten und
darauf bedacht waren, durch irgendeinen Spalt einzudringen

[1] Vorspeise, aus zahlreichen kleinen Gerichten bestehend: wie Nüsse, Fische,
Salzgebäck, Salate und pikante Soßen, die mit Fladenbrot gegessen werden.

und sich an unserem Gespräch zu beteiligen. Das Heizgerät sah uns mit fieberhaften Blicken an, gleich einem lebenden Wesen, das in unserer Mitte sitzt und die Ohren spitzt. Und Aglan Bey begann:

Wenn ihr meine freimütige Meinung hören wollt, so sage ich euch, daß die Seelen der Verstorbenen in weiten freien Räumen dahintreiben und sich miteinander verbinden in ihren Sphären, die weit entfernt sind von unserer irdischen Welt. Nach meiner festen Überzeugung besteht keine Beziehung zwischen den Lebenden und den Toten, denn beide haben ihre eigene Welt. Was aber den Umgang zwischen lebenden Wesen betrifft, die sich in Wirklichkeit niemals trafen und die weite Entfernungen voneinander trennen, so halte ich das für eine Tatsache, die nicht den Schatten eines Zweifels für mich hat. Zum Beweis möchte ich euch eine tatsächliche Begebenheit aus dem Leben erzählen, bei der weder Fantasie noch Übertreibung mitwirken.
Als ich genau dreißig Jahre alt war, begann ich meine Karriere als Anwalt. Ich hatte ausreichend Muße und verbrachte die meiste Zeit damit, zu lesen und zu forschen, denn ich legte keinen Wert auf die Art von Zeitvertreib, der sich die meisten der jungen Leute widmeten. Außerdem ließ ich mich nicht durch Evas Charme verführen.
Eines Tages begab ich mich am frühen Morgen zu Pascal, einem Konfektionsgeschäft, das die neuesten Modeartikel führt. Nachdem ich dort meine Besorgungen gemacht hatte und während ich auf den Ausgang zusteuerte, erblickte ich ein Stück Papier auf dem Fußboden; ein alltäglicher Fund in diesen großen Kaufhäusern, wo pausenlos Menschen kommen und gehen. Eine geheime Kraft bewegte mich dazu, es aufzuheben. Es war ein Umschlag, der das Paßfoto eines Kindes enthielt, das auf dem Bild kaum zehn Jahre alt erschien. Während ich weiterging, betrachtete ich das Gesicht. Es gab nichts Auffälliges außer den großen Augen mit ihrem forschenden Blick, voll überschäumender Lebhaftigkeit und Aufgewecktheit, eingerahmt von wohlgeformten geschwungenen Wimpern, die diesen Blick noch eindringlicher erscheinen ließen. Die Lippen öffneten sich zu einem strahlenden Lächeln, und auf den Schultern hingen lange gewellte, schwarze Haare. Ich war drauf und dran, das Foto wegzuwerfen. Doch mit einer mechanischen Bewegung steckte ich das Bild in den Umschlag zurück und den Umschlag in meine Brieftasche.

Dann ging ich in mein Büro, wo ich schon von Klienten erwartet wurde. Die Arbeit beschäftigte mich so sehr, daß ich das Foto völlig vergaß. Als ich am Abend nach Hause kam, schloß ich mich in mein Büro ein, um in aller Ruhe die Akte eines Prozesses zu studieren, der am nächsten Tag stattfinden sollte. Es war ein sehr schwieriges Verfahren. Ich machte eine übermenschliche Anstrengung, um ein Plädoyer auszuarbeiten, ohne ein befriedigendes Ergebnis zu erzielen. Noch einmal analysierte ich den Fall, doch ich tappte immer mehr im dunkeln. Gerade wollte ich meinen Füller an die Wand werfen und die Akte zerreißen, als ich instinktiv das Foto aus meiner Brieftasche hervorholte. Gleich darauf war ich wieder verblüfft von diesem eindringlichen Blick. Ich betrachtete das Gesicht lange Zeit und stellte Überlegungen über die Abgebildete an: Großer Gott! Wer ist sie? Wie ist sie? Aber woher diese Neugier? Es genügte, mir ein kleines Mädchen vorzustellen, das dauernd in Bewegung ist, hin- und herspringt, dabei unschuldig lacht und Freude und Heiterkeit um sich verbreitet ...

Ich weiß nicht mehr, wie lange ich so – in Gedanken versunken – gesessen habe; aber ich weiß noch, daß das verfahrene Verfahren, an dem ich eben gearbeitet hatte, immer klarer wurde. Am nächsten Tag war meine Verteidigungsrede äußerst erfolgreich und verschaffte mir großes Ansehen und einen guten Ruf als Verteidiger. Nun trennte ich mich nie mehr von dem Foto. Ich behielt es in meiner Tasche wie ein Amulett, dessen Kraft Schaden von mir fernhalten und mir die Tore zu Glück und Erfolg öffnen sollte.

Ihr seid frei, meine lieben Freunde, mir zu glauben oder nicht. Ihr könnt sagen: »Das Spiel der Einbildung und des Zufalls ...« Aber ich versichere euch, daß jedesmal, wenn ich in Stunden der Angst und Verzweiflung zu diesem Foto Zuflucht nahm, es mir Kraft und Hilfe verlieh. Es genügte mir, diese Augen mit ihrem eindringlichen Blick zu betrachten, und eine tiefe Ruhe strömte in meine Seele ...

Ich brannte vor Verlangen, die Identität dieses Mädchens zu entdecken. Jedesmal, wenn ich an einem Fotoladen vorbeikam, betrachtete ich aufmerksam jedes der ausgestellten Fotos in der Hoffnung, das ihre dabei zu finden. Es war verlorene Mühe. Das Geheimnis ihrer Person blieb unergründbar ...

Immer mehr Stunden meiner Freizeit widmete ich dem Foto, indem ich mir das Leben der Abgebildeten ausdachte. Bald stellte ich mir das Mädchen im Kreise ihrer Lieben sitzend vor, bald in einem Schulhof zusammen mit ihren Schulkameradinnen, wie sie Streiche aushecken und in spöttisches Lachen ausbrechen. Dieses Lachen drang an mein Ohr wie ein silbernes Glöckchen. Ich möchte sagen, daß dieses Echo mir noch bis heute in den Ohren klingt. Was ihre Stimme betrifft, so war sie nicht schrill, wie es bei Kindern ihres Alters meistens der Fall ist, sondern es war eine weiche Stimme mit harmonischem Klang.

Meine Gefühle diesem »Geist« gegenüber waren sehr unbestimmt: in meinem Innersten fühlte ich eine starke Zuneigung und die Zärtlichkeit eines Vaters, der sein Kind in die Arme schließen möchte, um in seine leuchtenden Augen zu sehen, die Haarpracht zu streicheln und auf die makellose Stirn einen unschuldigen Kuß aufzudrücken.

Die Stunden meiner Einsamkeit glichen süßen Träumen. Doch immer wenn ich in die Wirklichkeit zurückkam, empfand ich eine undefinierbare Furcht: Verbrachte ich meine Zeit in der Gesellschaft eines Geistes, in der Welt der Illusionen? Oder war es tatsächlich die Seele dieses Mädchens, die mich von Zeit zu Zeit aufsuchte? Ich muß nämlich zugeben, daß wir uns miteinander unterhielten, daß wir uns oft amüsante Geschichten erzählten, bei denen wir in lautes Lachen ausbrachen.

Von Zeit zu Zeit quälten mich beunruhigende Gedanken. Ich begann, an meinem Verstand zu zweifeln: Sollten dies die Symptome einer Geistesverwirrung sein? Ich ging zu einem befreundeten Psychiater und legte ihm meinen Fall dar.

Daraufhin fragte er mich: »Wo ist das Foto?«

»In meiner Brieftasche!«

»Zeig es mir.«

Ich blickte ihn an und sagte: »Warum willst du es sehen?«

»Zeig es mir!« wiederholte er mit Nachdruck.

Ich holte meine Brieftasche aus meiner Jackentasche und tat so, als ob ich das Foto suchen würde. Dann erklärte ich ihm: »Ich habe es nicht bei mir.«

Er blickte mir fest in die Augen und erwiderte: »Ich möchte unbedingt, daß du es mir zeigst!«

»Ich versichere dir, daß ich es nicht bei mir habe«, log ich.

»Wenn du mir deine Brieftasche für einen Augenblick überläßt, hole ich dir das Foto garantiert heraus«, sagte er, indem er mich ermunternd auf die Schulter klopfte; darauf fuhr er fort: »Hör auf mich, mein Freund, und bedenke, was ich dir sage. Wenn du wieder normal werden willst, hol auf der Stelle das Foto heraus und zerreiß es in Stücke!«

»Ich werde es zerreißen, sobald ich zu Hause bin.«

»Tu es lieber jetzt und sofort!«

»Glaub mir doch, das Foto befindet sich nicht in meiner Brieftasche!«

Mein Freund blickte mich fragend an, und ich wich seinem Blick aus. Er ging nachdenklich auf und ab, dann blieb er unvermittelt vor mir stehen und sprach: »Ich will dir nicht verhelen, daß dein Geist die Beute einer psychischen Erkrankung ist. Eine fixe Idee hat sich in deinem Gehirn eingepflanzt und verbreitet sich darin. Deine besondere Lebensführung – damit meine ich deine Zurückgezogenheit zur Vertiefung deiner Forschungen und die strenge Enthaltsamkeit, die du dir auferlegt hast – beschleunigt diesen Prozeß.«

»Was rätst du mir also?« erkundigte ich mich.

»Zu heiraten!«

Ich protestierte mit einem aufgezwungenen Lächeln: »Wer zum Teufel hat dir diese geniale Idee eingegeben? Ich bin sehr zufrieden mit dem Leben, das ich führe.«

»Das ist deine Angelegenheit.«

»Mir scheint, daß du der Sache nicht auf den Grund gehst«, entgegnete ich mißbilligend.

»Ich habe ganz offen mit dir gesprochen.«

Wir gingen zusammen zur Tür. Als ich ihm die Hand reichte, um mich zu verabschieden, hielt er sie einen Moment fest und fragte mit freundlicher Stimme: »Bleibt es dabei, daß du mir das Foto vorenthältst?«

Ungeduldig antwortete ich ihm: »Es bleibt dabei.«

»Bist du so eifersüchtig?« bemerkte er.

Ein Schauer durchlief mich. Am liebsten hätte ich ihn gewaltsam zurückgestoßen, aber ich schaffte es, mich zu beherrschen und tat so, als ob ich mich über seine Bemerkung lustig machte: »Eifersüchtig? Es ist ein Kind, ein ganz junges Ding! Du faselst, mein Freund!«

»Bin ich es, der faselt?«

»Du glaubst, daß mein Geist die Beute einer seelischen Krankheit ist. Da täuschst du dich aber gewaltig! Deine Bemerkung beweist mir, daß vielmehr du es bist, der von dieser Krankheit erfaßt wurde!«

Diese Auseinandersetzung ging noch weiter und wurde immer heftiger ...

In einem Zustand größter Erregung kam ich nach Hause, schloß mich in meinem Zimmer ein und holte das Foto aus meiner Brieftasche. Je länger ich mich in den eindringlichen und fröhlichen Blick versenkte, um so mehr schmolz mein Zorn dahin, und eine friedliche und zuversichtliche Ruhe erfüllte meine Seele. Mein Freund wollte den Gelehrten spielen, sagte ich mir lachend. Er glaubt, sich auf seine beruflichen Erfahrungen etwas einbilden zu können, dabei hat er sein völliges Unwissen auf diesem Gebiet bewiesen. Von nun an wachte ich mit großer Gewissenhaftigkeit über dem Foto: Die meiste Zeit befand es sich in meinem Safe, und nur wenn ich hinausging, steckte ich es in meine Brieftasche. Wo immer es auch war, es dauerte nie lange, daß ich mich vergewisserte, ob es noch in meinem Besitz war.

Die Tage vergingen, und meine Vertrautheit mit dem Foto, vielmehr mit dem »Geist« des Fotos, wurde immer größer. Eines Nachmittags, als ich wieder einmal alleine in meinem Büro saß, fühlte ich mich plötzlich kraftlos und elend. Die Tasse Kaffee, die ich in der Hand hielt, schwankte, und ich zitterte am ganzen Körper. Zuerst glaubte ich an eine vorübergehende Übelkeit, doch das Unwohlsein hielt an. Eine große Angst überkam mich. Um ihr zu entgehen, stand ich auf und ging im Zimmer mit großen Schritten auf und ab; dann versuchte ich, mich durch Zeitungslektüre zu zerstreuen; doch all diese Versuche waren erfolglos.

Dann dachte ich an das Foto. War es nicht immer meine Zuflucht in Stunden der Niedergeschlagenheit und Mutlosigkeit? Ich öffnete den Safe und konnte es dort nicht finden. Ich durchsuchte alle Ecken und Winkel des Hauses – ohne Erfolg; ich ging zu meinem Arbeitsplatz und stellte alles auf den Kopf: Das Foto blieb spurlos verschwunden... Ich eilte in die Praxis meines Freundes, des Psychiaters.

Er bemerkte meine Aufregung sofort und empfing mich mit den Worten: »Ich wette, daß du das Foto immer noch nicht zerrissen hast!«

»Ich habe es verlegt! Ich weiß nicht, wo es ist!« rief ich, indem ich ihn am Arm faßte. Dann erzählte ich ihm alles, was sich ereignet hatte.

Er hörte mir gleichmütig zu; dann sagte er mit ruhiger Stimme: »Die Vorsehung hat dich gerettet, mein Freund! Mit dem Verlust dieses Fotos hast du einen entscheidenden Schritt zu deiner Heilung gemacht! Geh jetzt wieder an deine Arbeit.«

»Ich fürchte, daß der Geist sein Foto zurückgeholt hat«, entgegnete ich mit verstörtem Gesicht.

Mein Freund betrachtete mich mit prüfendem Blick, dann fragte er lächelnd: »Warum sollte er das Foto zurücknehmen?«

»Das ist die Frage!« erwiderte ich. »Ich rechne mit einer Katastrophe.«

»Rechne lieber mit sorgloser Unbeschwertheit«, antwortete er; »sei gewiß, daß dir in diesem Moment eine vollständige Heilung bevorsteht. Das unüberwindbare Hindernis ist nun beseitigt, das dir dieses Ziel versperrte. Das gefährliche Foto nämlich träufelte deinem Gehirn das Gift der Halluzinationen ein.«

»Aber ich fühle mich mehr und mehr den dunkelsten Vorahnungen ausgesetzt«, gab ich zu bedenken.

»Hör auf meinen Rat«, sagte er, »verbring diesen Abend in einem Tanzlokal oder in einer Diskothek! Dein Geist wird sich auf die natürlichste Art beruhigen und entspannen.«

Dann schwatzte er langatmig, indem er mir die verschiedensten Vorschläge für meinen Zeitvertreib machte. Ich versprach ihm endlich, mich danach zu richten, doch ich verließ die Praxis wütend und mehr als je von seiner Verständnislosigkeit überzeugt. Ich verbrachte eine sehr unruhige Nacht. Kaum hatte ich die Augen geschlossen, da erwachte ich wieder, sprang aus dem Bett – mit aufgewühltem Geist – und war unfähig, etwas gegen die Schlaflosigkeit zu unternehmen.

Am frühen Morgen brachte mir der Diener die Zeitung. Mein erster Blick fiel in den Totenanzeigen auf das geliebte Foto. Ich merkte, wie ich ohnmächtig wurde.

Als ich aus der Ohnmacht erwachte, lag ich auf einem Sofa, und mein Diener ließ mich ein Duftwasser einatmen. Ich zog die Zeitung wieder an mich und betrachtete das Foto. Es war nicht die gleiche Aufnahme, aber sie war von meinem »Geist«; daran bestand kein Zweifel: es waren ihr eindringlicher Blick und ihr sonniges Lächeln. Einige Tage konnte ich mein Lager nicht verlassen, denn ich fühlte mich kraftlos, wie der Anführer einer besiegten Armee – wie in einen Abgrund der Verzweiflung gestürzt.

Sobald ich mich ein bißchen wohler fühlte, ging ich zu ihr. Mühelos fand ich ihr Haus. Von der Pförtnerin erfuhr ich, daß ihre Familie in der zweiten Etage wohne, aber daß sie unmittelbar nach der Beerdigung für kurze Zeit verreist sei. Nachdem ich ihr ein großzügiges Trinkgeld zugesteckt hatte, erlaubte sie mir, das Appartement zu betreten.

Die Vorhänge waren zugezogen, und Dunkelheit herrschte in den Räumen der Wohnung. Auf der Suche nach ihrem Zimmer stieß ich mich an einigen Möbelstücken, bis ich schließlich darin stand. In einer Ecke des Raumes entdeckte ich einen kleinen Tisch, der als Frisiertisch oder Büro diente. Diverse Kleinigkeiten lagen darauf verstreut: ein ausgebrochener Kamm, Haarschleifen in verschiedenen Farben, zwei Haarsträhnen und bunte Kreide. Ich berührte diese Überreste behutsam wie Reliquien, und plötzlich entdeckte ich darunter ein Foto. Großer Gott, es war das Foto, das ich verloren hatte, nach dem ich alles durchsucht hatte, ohne eine Spur zu finden. Ein Schauer erfaßte mich, und vor meinen Augen begann sich das Zimmer zu drehen. Mit zitternder Hand nahm ich das Foto, mein Foto, das tagelang mein untrennbarer Begleiter gewesen war.

Ich betrachtete es und stellte fest, daß die Augen ihre Strahlkraft verloren hatten. Das Feuer in ihnen war erloschen. In diesen glasigen Augen gab es keinen Rest mehr von Leben. Und das strahlende Lächeln war reduziert auf ein Abschiedslächeln für immer.

Wie lange ich – in der Betrachtung des Fotos versunken – in ihrem Raum geblieben war, weiß ich nicht. Das leise Husten der Pförtnerin riß mich unvermittelt aus meinen Träumen. Dann hörte ich sie mit einem unterschwelligen Tadel sagen: »Es ist schon sehr lange, daß Sie hier sind, mein Herr!«

»Lassen Sie mir noch einen Augenblick, bitte, und ich werde gehen«, erwiderte ich, während ich das Foto immer noch in meiner Hand hielt. Meine Fingerspitzen waren eiskalt, und ich hatte den Eindruck, eine Leiche zu berühren.

Ich nahm ein Taschentuch, das ich gerade zur Hand hatte und wickelte das Foto darin ein. Dann bettete ich es auf den Tisch, sammelte einige der auf dem Tisch verstreut liegenden Dinge und legte sie auf das Foto, wie man eine Schaufel Erde auf einen Sarg wirft. Nach dieser Zeremonie verweilte ich noch einen Moment mit gesenktem Blick vor dieser geliebten, sterblichen Hülle.

Schließlich verließ ich mit gemessenen Schritten ihr Zimmer. In Gedanken vertieft, vergaß ich es, die zwei Tränen zu trocknen, die mir die Wangen hinunterliefen.

Der Blinde und seine Mandoline

Der Blinde, von dem hier die Rede ist, spielte ausgezeichnet Mandoline. Die Musik war seine Freude und sein Lebensunterhalt. Was hätte er ohne sein Instrument gemacht!

In seinem kleinen Zimmer gab er Teeabende für die Jugendlichen. Er hatte zahlreiche Melodien im Kopf und improvisierte immer neue. Während er spielte, tanzten die jungen Leute. Wenn sie müde getanzt waren, tranken sie Tee, den er zubereitet hatte. – Einige Blätter Tee, das ist nicht kostspielig, und das Wasser gibt es umsonst. – Dabei wurde geplaudert und gesungen. Und wenn seine Gäste dann spät am Abend aufbrachen, ließen diejenigen, die es sich leisten konnten, ein paar Münzen auf einem kleinen kupfernen Tablett. Sie genügten dem Blinden, um Brot und Gewürze zu kaufen und etwas Kohle für seinen Ofen.

Eines Tages hörten die jungen Leute – die wie alle Jugendlichen das Abenteuerliche liebten – von einem Schloß, in dem es spukt. Übermütig planten sie, den Blinden dorthin zu bringen, denn er würde ja nicht erkennen, wohin man ihn führe, und ihn mit den Schloßgespenstern alleine zu lassen. Sie malten sich diese Begegnung aus und belustigten sich an den grausamen Vorstellungen.

Dann bereiteten sie Lebensmittel und Kuchen vor und gingen zusammen zu dem blinden Musikanten:

»Väterchen«, sagten sie zu ihm, »man hat uns zu einem großen Fest eingeladen. Willst du nicht mit uns kommen und deine Mandoline spielen? Es gibt dort sicher ein gutes Essen. Danach machst du deinen Tee und stellst dein Tablett auf. Wir garantieren dir eine hohe Einnahme.«

Der Blinde war einverstanden. Sie brachten ihn zu dem Schloß (Gott allein weiß, wohin Blinde überall gebracht werden). Die jungen Leute hatten Freunde und Nachbarn eingeladen, um die Zahl der Festteilnehmer zu vergrößern und sich mit ihnen an dem Streich zu ergötzen, den sie dem behinderten Musikanten spielten.

Der Blinde spielte arglos und so gut er konnte seine Mandoline. Um 23.50 Uhr verließen alle auf Zehenspitzen den Saal, um den Gespenstern – die bekanntlich um Mitternacht erscheinen –

nicht zu begegnen. Als der Blinde nichts mehr hörte, stellte er fest, daß sie ihn alleine gelassen hatten. Er wickelte sich in seinen weiten Burnus ein, legte seine Mandoline auf den Boden, den Kopf auf das Instrument und schlief ein.

Um 12.00 Uhr Mitternacht betrat eine Gruppe weißverschleierter Frauen den Saal, in dem der Blinde schlief. Die sieben Schwestern weckten ihn und sprachen: »Du bist Musiker! Spiel uns etwas, denn wir möchten tanzen!«

Er fühlte sich eingehüllt in Duftwogen lieblichen Parfüms, das von den Frauen ausging, und er griff beschwingt in die Saiten seiner Mandoline. Wie ein Begleitinstrument vernahm er das rhythmische Geräusch, das ihre Arm- und Fesselringe beim Tanzen verursachten und das genau mit dem Rhythmus der Musik übereinstimmte.

»Du hast gut gespielt«, lobten ihn die Frauen, »so nimm eine Belohnung von uns an!«

Der Blinde spürte, wie sie seine Stirn berührten, und er hörte, daß jede der Tänzerinnen etwas auf sein kupfernes Tablett legte. So fuhr er fort, hingebungsvoll auf seiner Mandoline zu spielen. Beim Morgengrauen verabschiedeten sich die sieben Schwestern von ihm und sagten: »Möge es dir gut ergehen! Du hast uns herrlich zum Tanz aufgespielt!«

Dann verließen sie eine nach der anderen das Zimmer.

Der Blinde betastete erwartungsvoll sein kupfernes Tablett und stellte fest, daß es Orangenschalen waren, die darauf lagen. Da lächelte er nachsichtig und legte sich wieder schlafen. Als er aber am Morgen sein Tablett unter den Arm nehmen wollte, war es überaus schwer, denn die Orangenschalen hatten sich in Goldstücke verwandelt. Er machte daraus ein solides Päckchen, und mit Hilfe seines Stockes kehrte er zu seiner Wohnung zurück.

Am Abend kamen die jungen Taugenichtse neugierig zu ihm und erkundigten sich: »Wie hast du diese Nacht verbracht, Väterchen?«

»Die Nacht war einmalig!« erwiderte er. »Schmuckbehangene Frauen haben mich besucht und die ganze Nacht zur Musik meiner Mandoline getanzt. Und jetzt ist mein Glück gemacht! Ich habe euch von nun an nicht mehr nötig.«

Sarab

Sie wartet noch immer auf ihn!
Sie bewegt sich unter den Menschen, ohne die Menschen zu beachten.
Ein volles Jahr ist vergangen,
und sie wartet noch immer auf ihn!
Er versprach, wiederzukommen, und sie glaubte ihm.
Sie glaubte ihm, obwohl sie ihm nur ein einziges Mal im Leben begegnet war, vor einem vollen Jahr, am Neujahrsfest.
Mit ihm verabschiedete sie das Jahr der langen Tage.
Mit ihm empfing sie das Jahr der langen Nächte.
Und sie wartet noch immer auf ihn!

Sie wirft einen Blick auf die kleine Armbanduhr.
Zwanzig Uhr!
Als sie ihn im vergangenen Jahr traf, war es auch zwanzig Uhr.
Verloren war sie und fürchtete die finstere Zukunft.
Und er war ein Mann, der vor dem Alptraum der Vergangenheit floh.
Der Zufall brachte die beiden in der Silvesternacht zusammen.
Ihre Blicke trafen sich,
und das Verlorensein hatte ein Ende in dieser Begegnung.
In den Augen schimmerte Hoffnung.
Sie lächelte. Und er sprach.
Noch erinnert sie sich seiner männlichen Stimme:
»Laß uns die Fragen vergessen, die Erinnerung begraben.
Wir beide haben die Vergangenheit verloren. Gemeinsam wollen wir die Zukunft suchen.«

Regen fällt.
Sarab schlägt den Mantelkragen hoch, versteckt die Hände in den großen Seitentaschen und geht schneller.
Die hungrigen Augen sehen sie nicht, jene, die ihrer Schönheit nachstarren.
Seine Augen ließen sich von ihrer Schönheit nicht irreführen.
Ein Mann war er, unter Millionen, mit dem sie einst einen Abend verbrachte.

Ein Mann war er, von dem sie nicht das Geringste ahnte.

Sie begnügte sich damit, die Tiefe seines Herzens zu erforschen.

Nach seinem Lebenslauf fragte sie nicht.

Sie wußte nicht, woher er kam, und fragte nicht, wohin er gehen wollte. Er versprach, zurückzukommen, als sie sich in der Morgendämmerung trennten. So klammerte sie sich an die Erinnerung und versenkte die Tage eines vollen Jahres in das Gedenken an eine unvergeßliche Nacht.

Und sie wartet noch immer auf ihn!

Die Salihija-Straße ist voller Menschen.

Die Bewohner von ganz Damaskus wetteifern darin,

dem scheidenden Jahr Lebewohl zu sagen.

Die Glücklichen erwarten das neue Jahr voller Übermut.

Die Nachtlokale leuchten, die Restaurants begrüßen die Wohl-habenden,

aber die Vertriebenen bleiben auf den Straßen.

Und sie?

Sie wird den Abend im Lichtspieltheater verbringen und nach der Vorstellung an dem kleinen Wirtshaus vorbeigehen, jenem Wirtshaus, das ein Jahr zuvor sie beherbergt hat.

Das Antlitz des Erwarteten wird sie im Spiegel ihres Getränks erblicken.

Der Besitzer wird herantreten und sie – wie stets – nach dem noch nicht Zurückgekommenen fragen.

Und sie wird gestehen, sie warte noch immer auf ihn.

Der Regen fällt heftiger.

Und Sarab geht in die Vorhalle des Kinos.

Die Vorstellung beginnt erst in einer Stunde.

Diese Stunde wird sie im kleinen Warteraum verbringen.

In einer Ecke sitzt sie und bestellt beim Kellner eine Tasse Kaffee, und ihre Blicke gleiten über die Anwesenden.

Plötzlich...

bleiben ihre Blicke an einem Manne haften,

der vorgebeugt in einer Zeitschrift liest.

Erstaunt starrt sie ihn an – und stockt.

Er! Er ist es!

Ein Zittern befällt ihren Körper, und ihr Gesicht erglüht.

Sie steht auf, nähert sich ihm zögernd, steht vor ihm...

Die Freude lähmt ihre Zunge. Mühsam spricht sie: »Guten Abend!«

Der Mann blickt auf aus der Zeitschrift, schaut fragend sie an, dann erwidert er in höflichem Ton: »Guten Abend.«

Sie beachtet nicht seine Kühle und fragt sehnsüchtig: »Wann bist du eingetroffen?« Der Mann blickt verwundert drein und erwidert, indem er aufsteht: »Ich bin heute angekommen, heute abend.« Seine Gleichgültigkeit erschreckt sie, und angstvoll fragt sie: »Hast du – hast du mich denn vergessen?« Er wird verlegen: »Ich bitte um Verzeihung...«

Dann sieht er sie prüfend an und schüttelt fragend den Kopf: »Entschuldigung – sind wir einander schon einmal begegnet?« Und er fährt fort, indem er ihr einen Stuhl anbietet: »Setzen Sie sich doch – Fräulein...?«

Stockend und tonlos sagt sie: »Natürlich hast du auch meinen Namen vergessen... Sarab! Mein Name ist Sarab.« Enttäuschung drosselt ihr Herz, und ermattet setzt sie sich. »Du erinnerst dich also an nichts?« Das Erstaunen des Fremden vertieft sich: »Kennen Sie auch meinen Namen?« Geduldig flüstert sie: »Karam.« Ihre Stimme hat keinen Klang mehr: »Karam – die Melodie, die ich ein Jahr sang!« Seine Augen weiten sich vor Erstaunen. »Wahrhaftig, das ist mein Name! Doch nur meine Mutter ruft mich so. Eigentlich heiße ich Abdul-Karim.« Forschend betrachtet er sie. Vergeblich sucht er in seinem Gedächtnis nach diesem ergreifenden Gesicht. »Haben wir uns vielleicht in Beirut getroffen?« Tränen steigen ihr in die Augen: »Nein – hier, hier haben wir uns getroffen!« »Es ist das erste Mal in meinem Leben, daß ich Damaskus besuche, Fräulein Sarab.« Kopfschüttelnd beharrt sie: »Wir haben im vorigen Jahr einen Abend zusammen verbracht.«

»Wir hätten einen Abend zusammen in Damaskus verbracht?« Seine Frage schwimmt in ihren großen Augen – und er lächelt: »Wahrscheinlich verwechseln Sie mich. Ich würde niemals so bezaubernde Augen vergessen, in deren Licht ich einen Abend verbringen durfte. Doch ich kenne Damaskus nicht, ich schwöre es Ihnen: Ich besuche Damaskus zum ersten Mal.«

Sarab schweigt, und er fügt hinzu: »Aber ich bin sehr froh... «

Sie unterbricht ihn: »Erinnerst du dich nicht an das kleine Wirtshaus, das ›Kerzen-Restaurant‹?« »Ich versichere Ihnen zum drittenmal, mein Fräulein, daß ich Damaskus nicht kenne.«

Sie starrt in die Ferne und flüstert: »Wir saßen in einer Ecke, im Kerzenlicht. Der Besitzer sprach lange mit uns. Wir blieben dort

bis zum Morgengrauen – vergaßen unsere Vergangenheit...
Und du versprachst, wiederzukommen – und – und ich wartete
auf dich!« Der Fremde ist bestürzt und fragt: »Wann war das?«
»Am Neujahrsfest.« »In der letzten Silvesternacht? Das ist aus-
geschlossen, Fräulein Sarab. In der Nacht zum Neujahr lag ich
bewußtlos in der Universitätsklinik von Beirut. Einen ganzen
Tag lag ich dort unter der Nachwirkung von Betäubungsmit-
teln.« Ihr wird schwindlig. Sie schließt die Augen. Wozu noch
weiterreden? Er erinnert sich an nichts. Betrübnis nagt in ihrer
Brust. Mit großer Mühe versucht sie, in ihren Zügen die Enttäuschung zu verleugnen. Sie greift nach dem Kaffee, den der
Diener längst gebracht hat, den sie völlig vergaß. Die schwarze
Flüssigkeit schmeckt so bitter wie ihr Schmerz. Ihre Traurigkeit
rührt den Mann, und er flüstert ihr zärtlich zu: »Fräulein Sarab... Ich bitte Sie... Seien Sie nicht so betrübt... Sicherlich
habe ich Sie im Traum schon gesehen, denn Sie sind der Traum
eines jeden Mannes. Beruhigen Sie sich. Ich bin fremd in dieser
Stadt. Warum sollten wir nicht den heutigen Abend zusammen
verbringen? Wollen wir das neue Jahr gemeinsam empfangen?«
Sie wirft ihm einen von Tränen verschleierten Blick zu. Nein!
Nie würde sie mit diesem Fremden, in dessen Leben sie keine
Rolle gespielt hat, den Abend verbringen. Doch schreibt sie ihm
keine Schuld zu.
Sie nimmt sich zusammen und sagt: »Ich werde sehen... Erst
muß ich nach Hause gehen... Ich rufe Sie in einer Stunde an.«
»Wirklich? Ich wohne im Hotel Orient-Palast.« »Leben Sie
wohl...« Er aber sagt: »Bis nachher!« Und sie verläßt ihn. Seine
Blicke begleiten sie. Plötzlich empfindet er eine Leere, eine
eigenartige Leere, nicht wie diejenige, in der er sein Leben lang
gelebt hat. Eine große Leere, das ist für ihn Sarabs Abwesenheit.
Und mit einemmal leuchtet es ihm ein, daß dieses Mädchen, das
aus dem Nichts auf ihn zukam, den fehlenden Ring in der Kette
seines Lebens bildet. Auf der Suche nach diesem Ring hat er seine
Tage vergeudet. Hastig erhebt er sich, eilt in sein Hotel – und
wartet.

Stunden verstreichen, doch Sarab ruft nicht an. So entschließt er
sich, sie aufzusuchen. Hat sie nicht von einem kleinen Wirtshaus,
dem »Kerzen-Restaurant« gesprochen? Dorthin wird er gehen.
Vielleicht trifft er sie dort. Er fragt im Hotel nach dem Restau-
rant, dann schlägt er den beschriebenen Weg ein. Fremd steht er
da, im Eingang... Seine Blicke suchen in den Ecken, unter den

Kerzenflammen nach einem Bild, an das er keine Erinnerung hat. Jemand kommt auf ihn zu, ein ihm Unbekannter. Vielleicht ist es der Inhaber. Er wird von ihm freundlich begrüßt. »Herzlich willkommen, mein Herr, herzlich willkommen. Wann sind Sie eingetroffen?« Der Mann erschrickt, steht da wie vom Blitz getroffen: »Ich bin heute angekommen – heute abend...« Der Inhaber fährt fort: »Willkommen, Herr Karam. Treten Sie ein! Sehr lang war dieses Jahr. Haben Sie Fräulein Sarab noch nicht getroffen?« Er bemerkt die Bestürzung seines Gastes und fügt lächelnd hinzu: »Keine Angst, es geht ihr gut. Und sie wartet noch immer auf Sie!«

Eine weiße Frau

Die ganze Oase kennt Murad als einen Jüngling, auf den das andere Geschlecht eine ungeheure Anziehung ausübte. Schon allein die Anwesenheit einer jungen Dame versetzte ihn in Erregung, und er verbrachte seine Zeit damit, sich bald in die eine und bald in die andere zu verlieben. Er war ein rastloser Schürzenjäger.

Niemals verbrachte er den Abend in seinem Haus. Vielmehr schlief er draußen, am Rande der Oase unter einer Palme – die man sich heute noch zeigt –, um für jedes neue Abenteuer bereit zu sein. An diesem Ort gab es weit und breit kein Haus, und die Palme stand einsam und verlassen da, denn ein Stück dahinter verlief der Weg zwischen zwei Friedhöfen. Kaum jemand drang bis zu dieser Gegend vor, außer den Gruppen von Frauen, die am Freitag die Gräber besuchten. Es galt als äußerst gewagt, in der Nacht, zumal alleine, diese Gegend aufzusuchen.

Das einzige Gebäude, das zwischen den beiden Friedhöfen stand, war die Kubba[1] des Heiligen der Oase – ungefähr auf halbem Weg zwischen den beiden Friedhöfen gelegen, so daß sich sein Schutz gleichermaßen auf beide Totenstädte ausbreitete. An einer Außenseite dieses Totentempels befand sich ein kleiner Schuppen ohne Dach, in dem die Tragbahren stehen, die zum Transport der Toten dienen.

Die Oase beherbergte eine ausnahmslos schwarze Bevölkerung, in der die Angriffe des Schürzenjägers weder gerichtlich noch polizeilich geahndet wurden, obwohl alle sie mißbilligten.

An einem Abend lag Murad wie gewöhnlich seit der Abenddämmerung am Fuße seiner Palme und hielt Ausschau nach Passantinnen, Hausmädchen, die von ihrer Arbeit über Gebühr aufgehalten worden waren, oder jungen Mädchen, die bei ihren Freundinnen länger als gewöhnlich geplaudert hatten, um ihnen zu folgen...

Da näherte sich eine weißverschleierte Frau von auffallender Schönheit; ihre Haut war von der Farbe der Milch, ihr Gesicht schön geschnitten und überaus ausdrucksvoll; ihr Gang war ein

---

[1] Totentempel

vornehmes Schreiten. Nie zuvor hatte Murad eine solche Schönheit gesehen.

Etwas scheuer als sonst, aber mehr denn je angezogen von dieser Frau, stand er auf und folgte ihr, um ihr seine Bewunderung auszudrücken, ihr Vertrauen zu wecken und sich ihr nähernd seine Begierde zu stillen.

Die weißverschleierte Frau wies ihn entschieden ab, doch Murad folgte ihr um so entschlossener. Schließlich waren sie an dem Ort angelangt, der genau zwischen den beiden Friedhöfen liegt, einem Ort, den kein Bewohner der Oase des Nachts zu betreten wagt. Die weiße Frau versuchte, im Totentempel des Heiligen Zuflucht zu nehmen, um dem Jüngling zu entrinnen. Da der Tempel geschlossen war, floh sie vor dem Jüngling in den danebenliegenden Schuppen.

Beherrscht von seiner Begierde folgte Murad ihr und warf sich, sie mit beiden Armen umschlingend, über sie. Welche Bestürzung überfiel ihn, als die Frau sich in seinen Armen in Nichts auflöste und er sich mutterseelenallein im Schuppen der Totenbahren befand! Er zitterte am ganzen Leib und schleppte sich mit letzter Kraft nach Hause. Dort erzählte er seinen Freunden sein seltsames Abenteuer und starb kurz darauf.

Die Geschichte wurde uns von jemandem überliefert, der den Jüngling Murad persönlich kannte. Nach seinem Bericht soll sich in derselben Oase vor ungefähr dreißig Jahren ein ähnlicher Fall ereignet haben. Dabei handelte es sich um einen anderen Schwarzen, den sein Vater kannte. Ihm sei ebenfalls eine weiße Frau erschienen. Sie habe ihn bis zu dem Flußbett geführt, das jenseits des Friedhofs liegt. Sie sei in das Flußbett hinabgestiegen, und er sei ihr auf den Fersen gefolgt. Als er sie berühren wollte, sei die weiße Dame verschwunden, und an ihrer Stelle sei eine gewaltige Feuergarbe aus dem Wasser emporgeschossen. Bei dem Anblick habe der junge Mann seine Sinne verloren und sei zeitlebens geistesgestört gewesen.

Die smaragdgrüne Zauberin

»Und daran glauben Sie?«

»Wie an Gott.«

»Sie machen sich ja lächerlich!« bemerkte ein Spanier mit unrasiertem Kinn und einem erloschenen Zigarettenstummel im Mund. Der Regen peitschte gegen die Fenster des Bauernhauses, das inmitten einiger hundertjähriger Olivenbäume stand, gleich einem Vogel in seinem Nest. Der Wind, der die Ölbäume schüttelte, bewegte auch die Zweige der Pappeln, die den Kanal säumten. Sein Wasser rauschte wie das eines Wildbachs.

Sie waren sechs Siedler der ersten Stunde, Pioniere und Kämpfer mit schwieligen Händen, breiten Schultern und schwermütigen Augen. Fünf Franzosen und ein Spanier. Was sage ich, Spanier? Ja, zum Teil, nämlich ein Spanier aus Oran. Die anderen kamen aus der Normandie, alles gute Kerle aus Dieppe oder Morlaix, die vor langer Zeit das Abenteuer suchten.

Einer von ihnen erhob sich, ging ans Fenster und drückte seine Stirn gegen die Fensterscheibe. Durch den Regen hindurch sah er das Dorf der Eingeborenen, dessen Häuser sich um eine mit grünen Ziegeln gedeckte Moschee scharten. Sein Blick ging weiter auf den Friedhof, wo gleichsam zum Zeichen der Eroberung einige Kreuze aufragten von heldenhaften Legionären, die in den letzten Reihen der urbargemachten Erde standen.

»Schweig, Pépé«, sagte er zu dem Spanier, indem er sich umdrehte, »du weißt nichts davon!«

Er war ein Prachtkerl, der Mann am Fenster, mit einem Profil, wie man es auf einer antiken Münze sehen konnte.

»Ihr glaubt nicht an *sie*. Aber welche Beweise *ihrer* Existenz soll *sie* denn noch erbringen außer denen, die ihr täglich erlebt. Schweigt, ich weiß, wovon ich rede! Vor einigen Minuten habt ihr noch, ich weiß nicht mehr welche böse Kraft angeklagt, daß sie uns zu viel Regen schickt.«

»Das stimmt. Alles schwimmt bereits. Die Pflüge stehen im Wasser, und die Ernte wird verderben, wenn das so weitergeht.«

»Also, ihr sucht einen Namen, um diese Macht zu bezeichnen. Es ist der *ihre,* mit dem ihr sie benennen müßt, denn *sie* ist es, die sich auf diese Weise verteidigt!«

»Er spinnt«, murmelt der Spanier, »ist es doch der Frühling oder der Zufall, der den Regen bringt.«

»Gut, der Frühling oder der Zufall ist es, der den Regen bringt, aber ist er es auch, der die furchtbaren Trockenheiten verursacht? Ist er es, der den Schirokko den blühenden Wein niederreißen läßt? Wie schön waren die Weinreben; sie schossen empor und rankten sich hoch; ihre Trauben waren voller Saft – und siehe da, der Horizont wird rot wie der Boden eines Kochkessels, die Tiere fliehen, die Menschen keuchen, und Angst erfaßt alle Wesen. Man weiß nicht, was sich ereignen wird, aber man ahnt, daß eine Katastrophe bevorsteht. Der Wind heult. Ein scharfer, ätzender Staub dringt überall ein, unter die Zelte und in die Haziendas. Man kann nicht mehr atmen; das dauert zwei, drei, vier Tage, aber wenn es vorbei ist, sind die Ernten verdorben, und die Weinreben liegen auf dem Boden . . .«

»Was hat er gesagt?« fragte der Spanier.

»Die Wahrheit! Der Regen, die Trockenheit, der Schirokko . . . und auch die Heuschrecken, die darf man nicht vergessen. Nach ihrem Durchflug bleibt nichts übrig als die Zweige und Blattstiele der Pappeln und die Halme der verschlungenen Ernte. Nennt ihr das Zufall, oder den Frühling? Nein, meine Freunde, *sie* ist es, die zurückschlägt. *Sie* ist es, die dem Ansturm der Christen entgegentritt. *Sie* verteidigt die Jungfräulichkeit *ihrer* Erde, die von unseren Pflugscharen und Hacken vergewaltigt wird. *Sie* will unsere Häuser nicht im Schatten der Minarette sehen. Also stellt *sie* uns immer mehr Schwierigkeiten und Hindernisse in den Weg, um uns zu entmutigen. Sicher, entmutigt werden nur die Schwachen; aber wenn *sie* keine Gewalt über die Rechtschaffenen und Starken hat, so rächt *sie* sich schrecklich an den Schurken und Schwachen!«

»O, die leben nicht weniger angenehm und geehrt, wenn sie reich sind!«

»Aber ihr Tod beweist wenigstens, daß *sie* sie niemals aus den Augen verloren hat. Hört zu, ihr habt doch von Pedro Sanchez gehört, einem Feigenstamm[1] aus der Gegend um Bel-Abbes? Ja, den Multimillionär. Genau! Ganz Algerien hat ihn gekannt. Aber was die Leute in Algerien und Marokko – wohin er später geflohen ist – kaum wissen, ist, wie er zu seinem Reichtum

---

[1] so nennt man Söhne von Europäern, die in Nordafrika geboren sind.

gekommen ist, wie er starb, und wie alle seine Angehörigen umkamen, einer nach dem anderen...

Nun, ich weiß es aber. Ich kenne seine ganze Geschichte von meiner Familie, die ihn zu der Zeit kannte, als er noch Sanchez der Trunkenbold war, ein ausschweifender Lump, faul und brutal, der einen Araber wie ein Kaninchen abknallte. Man kann heute alles über ihn erzählen, denn es bleiben von ihm und seiner Familie nur die Kreuze auf den Friedhöfen, Kreuze mit ihren Namen, die einmal ausgelöscht sein werden oder bereits ausgelöscht sind...«

»Geschichten!«

»Geschichten wie die der Heuschrecken und der Trockenheit...« entgegnete er und schüttelte seine Schultern. Dann packte er mit seiner großen Hand einen Stuhl und setzte sich rittlings darauf. »Pépé«, rief er zu dem Spanier herüber, »bestell uns Tee. Da man ja die Nase nicht herausstecken kann bei diesem Sauwetter, erzählen wir uns lieber was...«

Der Spanier erhob sich, winkte einem Diener und bestellte Tee für alle. Bevor er sich wieder setzte, ging er zu einem Muttergottesbild, das an einer Wand über einem gesegneten Buchsbaumzweig hing und drehte das Bild abergläubisch mit dem Gesicht zur Wand, indem er sagte: »Damit die Jungfrau nichts sieht und nichts hört!«

Die anderen warfen einige Zweige Zedernholz in das offene Feuer. Ein angenehmer Duft durchströmte den Raum, und die rotgoldenen Flammen in der Feuerstelle flackerten.

Kurz darauf kam der Diener herein mit einem Samowar aus Kupfer und einem dazugehörigen bauchigen Wasserkessel, den er auf den Teppich stellte. Dann ging er wieder und kam mit einem ziselierten Kupfertablett zurück, auf dem Teegläser mit goldenen Girlandenmotiven standen. Er mischte den Tee mit Pfefferminz und Zucker und füllte ihn in die Gläser.

Ihr Teeglas in der Hand setzten sie sich im Halbkreis um den Erzähler mit den Herkulesschultern, der ihnen sein Gesicht mit den energischen Zügen und den forschen Augen zuwandte. Er nahm einen Schluck Tee, schnalzte mit der Zunge und begann:

»Ich erzähle euch nun die Geschichte von Sanchez dem Trunkenbold; ihr sagt mir nachher, ob es eine Gutenachtgeschichte ist, oder ob es wahr ist, daß *sie* existiert und jede Gelegenheit sucht, die Fremden zu entmutigen und sich an ihnen zu rächen.

Wie wurde aus Sanchez, dem Trunkenbold, der Multimillionär Pedro Sanchez? Diese Verwandlung geht zurück auf die Zeit, wo man in Algerien gegen das Land und gegen die Araber kämpfte. Man wußte nicht zu sagen, was gefährlicher war: der Stachel der Insekten oder die Schleuder der Eingeborenen; beide kosteten meist das Leben, und man starb mit offenem Mund und weißen Augen.

Die Männer dieser Zeit waren Abenteurer; Sanchez der Trunkenbold zählte zu den berüchtigtsten. In meiner Erinnerung habe ich noch die Namen einiger Mordskerle, mit denen er verkehrte, wie Francis der Knochenlose, Marie die Tomate, der Elsässer und der Legionär, Titi die Rothaarige und Pipi die Schlange, eine Bande von Nichtstuern und Dirnen, die in dieser Gegend gelandet waren wie Heuschrecken nach einem Schirokko.

Der Schlimmste unter ihnen war Sanchez, der Trunkenbold. So wie man ihn mir geschildert hat, will ich ihn euch beschreiben: Auffallend war seine große Schnauze; sein Gesicht war mit der Seite eines Würfels zu vergleichen, die die Drei symbolisiert: die zwei Löcher seiner Augen und das seines großen zahnlosen Mundes unter der platten Nase. Unbehaart war er wie ein Albino, mit abstehenden, zugespitzten Ohren, einer Brust wie ein Kleiderschrank; und seine Hände mit den Spachtelfingern glichen den Pranken eines Würgers...«

Der Spanier zitterte, und mit dem Klang der Unsicherheit in seiner Stimme sagte er: »Was für eine Geschichte! Dieser Mann ist ja ein Dämon!«

»Kurz, die Zeit ging vorüber ohne große Skandale. Natürlich gab es eine Reihe Schlägereien. Francis der Knochenlose erhielt eines Tages einen Schlag mit einem Dolchmesser in seine rechte Hand, die zu geschickt war. Marie die Tomate mußte an einem Abend im Ramadan einige Hiebe einstecken, von denen er sich nicht mehr erholte. Sonst aber gab es nichts Außergewöhnliches, als daß der Trunkenbold eine Kantine eröffnete. Eine Kantine mit Pipi der Schlange und einer anderen Dirne, die man die Wicke nannte, als Kellnerinnen. Sie ist übrigens an einem Schuß in den Magen gestorben, als die Baracke von einigen Vagabunden vereinnahmt wurde.

An der Kasse der Kantine thronte die Frau des Trunkenbolds, Soledad Sanches, eine riesige Masse mit flachen Brüsten und einem Gesicht mit platter, eingedrückter Nase, das an einen Mongolen erinnerte. Seht ihr sie vor euch, die Kantine?«

Die fünf Männer träumten mit in die Ferne gerichteten Blicken von dem Bistro, einem gemütlichen und vertrauten Platz im fernen Land, wohin man aus dem entferntesten Winkel kommt, um dort europäische Siedler zu treffen, mit ihnen über alles und nichts zu plaudern, denn es vergehen oft Monate, ohne daß man einen anderen Christen trifft; ein Platz, wo man etwas aus Frankreich wiederfindet, eine vertraute Melodie, ein Getränk; wo man mit dem Polizisten oder Verwalter, dem Lehrer oder dem Beigeordneten für Belange der Eingeborenen zusammentrifft und sich unterhält, während in einer anderen Ecke die Jungen mit sehnsüchtigen Blicken altbekannte Weisen singen, begleitet von einem Akkordeon.

In der Kantine ist es adrett und sauber; man spürt die Hand einer europäischen Frau, die man seit Monaten entbehrt, denn in den entlegenen Gebieten trifft man nur die schmutzigen, stinkenden Fatmas. Die Kantine! Die fünf Männer träumten...

Der Spanier bestellte einen zweiten Samowar Tee, und der Duft der Pfefferminze vermischte sich mit den Wohlgerüchen des verbrannten Zedernholzes...

»Also, alle eilten dorthin. Die Pipi war leichtlebig und die Vesa freigiebig, und die Autoritäten spielten dort Karten. Sonntags tanzten die Spanier den Fandango in der Kantine. All dies weiß ich durch meine ehemaligen Kameraden, die dort ein- und ausgingen.

Doch eines Tages tauchte ein Engländer auf, von dem man nicht genau wußte, woher er kam, und verlangte gebieterisch einen Führer, der ihn zur Hochebene von Daya begleiten sollte. Zu der Zeit war es nicht ratsam, sich in dieses Gebiet vorzuwagen, aber der Kerl war ein Abenteurer, und er bestand auf seinem Wunsch. Er wollte unbedingt etwas erleben, und indem er auf seine dicke Brieftasche klopfte, fügte er hinzu: »Ich zahle alles!«

Jemand antwortete ihm, daß die Grüne Zauberin denjenigen Unglück bringe, die in diese Hochebene vordringen. Aber der Engländer entgegnete ihm nur: »Ich zahle, also will ich!«

Schließlich bot Sanchez der Trunkenbold sich selber als Führer an und brach mit dem Engländer zu der Hochebene auf, unter der sich die unendliche Weite des Schott el-Chergui ausbreitet. Hier, meine Freunde, beginnt nun die eigentliche Geschichte von der smaragdgrünen Zauberin.

Einen Monat später kehrte der Trunkenbold zurück... alleine. Der Engländer, so berichtete er, habe sich »zur Erde« begeben;

»zur Erde«, damit bezeichnete man früher die Unendlichkeit, da wo die Karawanen keine Spuren mehr auf dem Sand hinterlassen, wo der Schirokko seine Feuerwirbel kreiseln läßt, wo man die Gerippe der erschöpften Tiere findet und die Knochen der Kerle, die vor Durst und Müdigkeit krepiert sind.

Kaum waren ein paar Tage vergangen, da begann der Trunkenbold zu bauen. Statt der Kantine ließ er nun ein geräumiges Hotel errichten. Wie eine unverschämte Herausforderung prangte über dem Eingang das Schild »Zur grünen Zauberin«.

Ein Jahr später kaufte Sanchez riesige Ländereien und zahlte sie in bar. Da verbreitete sich das Gerücht, daß der Engländer umgebracht worden war. Und man fügte hinzu, daß ein Araber vom Schott dieses Gerücht bestätigt hätte. Er wollte die Leiche des Engländers zwischen zwei Tierkadavern von Mauleseln entdeckt haben. Zwar blieb der Araber unauffindbar, doch seine Behauptung vernahm man überall, in den Dörfern und Oasen, an der Küste und in der Wüste. Und alle, die der plötzliche Reichtum des Trunkenbolds überrascht hatte, deuteten die Sache auf diese Weise.

Die Lage wurde für Sanchez bald so ausweglos, daß er das Hotel »Zur grünen Zauberin« verramschte. Es ist übrigens die Absteige der Feigenstämme geworden, und das Schild existiert bis heute noch.

An einem Morgen erfuhr ich, daß Sanchez nun in Marokko lebte. Bekannte hatten ihn dort in einem Wagen gesehen, und sie wußten zu berichten, daß er Multimillionär geworden war.

Das ist so wahr, wie ich Paul Lebris heiße und der Nachkomme von Normannen bin.

Und nun tritt *sie* in Aktion, die smaragdgrüne Zauberin, die Schutzherrin des Landes, die sich früher oder später an den Schurken und Übeltätern rächt. *Sie,* von der jemand eines Abends zum Trunkenbold gesagt hatte: Nimm dich in acht, in diesem Hochgebirge wohnt *sie,* deren Kraft sowohl anziehend als auch gefährlich ist.

Also, Sanchez, der inzwischen Pedro Sanchez hieß, war einer der reichsten Siedler von Algerien und Marokko geworden. Er hatte zwei Söhne, aber die sind… doch davon später. Seine Frau Soledad Sanchez hantierte eine Lorgnette mit ihren Fingern, an denen die kostbarsten Perlen glänzten. Die Familie führte das sorgloseste und angenehmste Leben. Sie waren so reich, daß es eine Herausforderung war und zahlreiche Neider auf den Plan rief.

Nun verbreitete sich auch in Marokko die Geschichte von dem Engländer und die Behauptung, daß ein Verbrechen seinem Reichtum zugrunde liege – aber Geld hat eine eigene Überzeugungskraft – oder vielmehr die Kraft des Erstickens von Gerüchten – wie ihr wollt.

Eines Abends, als sie am Tisch saßen, starb plötzlich und ohne vorhergehende Anzeichen von Krankheit seine Frau Soledad an einem Herzschlag. Um sich über ihren Tod hinwegzutrösten, fuhr Pedro Sanchez zu seiner Villa, die er vor kurzem im Süden von Bel Abbes hatte erbauen lassen. Ihr könnt euch vorstellen: eine dieser Villen, die dem Himmel die Herausforderung ihrer stolzen Selbstgefälligkeit entgegensetzen. Aber wie es Köpfe gibt, die Ohrfeigen auf sich ziehen, so gibt es Häuser, die den Blitz anziehen.«

»Ja, das stimmt«, bestätigten ihm einige.

Sanchez' Villa gehörte zu denjenigen, auf die das Sprichwort zutrifft. Er hatte sie am Ende des Weges gebaut, den er einst mit dem Engländer gegangen war. Man sagt ja, daß der Mörder immer an den Ort seiner Tat zurückkehrt, das ist möglich. Vor allem ging es ihm aber wohl darum, die Legende zu widerlegen, daß diese Gegend von Geistern bewohnt werde, gegen die der Mensch nichts unternehmen könne. Wieder taufte er seine Villa »Zur grünen Zauberin«. War es Prahlerei oder Provokation, das ist einerlei. Bisher war ihm alles gelungen!

Einige Tage nach seinem Einzug lud er seine alten Kameraden zu einer Jagd ein – und zwar alle, die ihn bettelarm gekannt hatten. Einer von meinen Verwandten war auch dabei. Am gleichen Abend, während des Festessens, brach er zusammen und mußte zu Bett gebracht werden. Achtundvierzig Stunden lag er dann im Fieberwahn: sein Gesicht war von Angst gepeinigt, sein Mund verzerrt und sein Gehirn von Erinnerungen gemartert.

Von den Gästen blieb nur einer bei ihm, mein Verwandter. Alle anderen hatten unter irgendeinem Vorwand die Flucht ergriffen, nachdem einer gesagt hatte: Jetzt hat es ihn gepackt! Das bedeutete, daß sein Zustand von der Cholera, dem Fieber oder der Pest herrührt, einer ansteckenden Krankheit, die einen plötzlich anfällt, und an der man krepiert mit Speichel auf den Lippen.

Seine beiden Söhne, mein Verwandter und ein paar Diener waren die einzigen, die sich während seines Todeskampfes an seinem Bett befanden.

In der achtundvierzigsten Stunde begann Sanchez zu schreien: »Was ist das? ... ganz grün? Ein grünes Gespenst ...? Und der

Engländer?... Das ist der Engländer!... Hilfe! Schmeißt ihn raus! Vor die Tür mit ihm! Raus!...«

Aufgerichtet, mit aufgerissenen Augen und fuchtelnden Armen flehte er seine Söhne um Hilfe an: »Hilfe, Pepito! Wo bist du, Juanito! Was steht ihr da herum! Er ist da! Werft ihn hinaus! Er will mich ergreifen! Er packt mich!«

Er brach zusammen und hielt seine Finger an seiner Kehle: »Hilfe, er würgt mich! Macht das grüne Licht aus! Hilfe! Hilfe!« Einige Minuten röchelte er noch, dann war er tot.

Am Abend stellte man vier Kerzen an die Ecken seines Bettes. Mein Verwandter mußte bei ihm wachen, während seine Söhne in ihren Zimmern die Todesanzeigen schrieben...

Hört gut zu, ich erzähle euch alles genauso, wie es mir berichtet wurde, ohne das geringste zu verändern...

Meinen Verwandten überfiel plötzlich eine lähmende Müdigkeit. Er kämpfte lange dagegen an, doch schließlich nickte er ein. Als er nach einigen Minuten erwachte, sah er zu seinem Entsetzen, daß die Vorhänge des Zimmers in Flammen standen. Wie hatte das passieren können? Wohl durch die Kerzen... aber sie standen in großer Entfernung vom Fenster. Kurz, er rief um Hilfe, und das Feuer konnte gelöscht werden.

Das war nicht alles.

Während der Totenfeier in der Kirche, als der Priester gerade die Totengebete sprach, fing das Tuch über dem Sarg Feuer und brannte lichterloh. Das ist so wahr, wie ich hier vor euch sitze. Wartet das Ende ab!

Als sein Sohn Pepito eines Abends auf den Bauernhof zurückkehrte, den Sanchez hatte bauen lassen, passierte etwas Furchtbares, wovon die Bewohner dieser Gegend nie sprechen, ohne sich zu bekreuzigen. Pepito saß auf einem zweirädrigen Wagen mit Heu, der von zwei kräftigen Mauleseln gezogen wurde. Als sie sich dem Tor näherten, schreckten die Tiere plötzlich vor etwas Unsichtbarem hoch und bäumten sich auf, dann zogen sie den Wagen mit rasender Geschwindigkeit, so daß Pepitos Kopf an die Torpfosten schlug und er sofort tot umfiel.

Ihr habt wohl den Eindruck, als ob ich euch eine Räubergeschichte erzählen würde; aber sie ist vom Anfang bis zum Ende wahr und hat sich genauso zugetragen. Ganz Algerien hat darüber gesprochen. Und nichts erklärt die Aufeinanderfolge dieser Unfälle, weder der Zufall noch das Mißgeschick.

Wartet noch einen Moment... Es kommt der Krieg, der alle Franzosen an die Front ruft, alle sowohl aus Marokko als aus

Algerien, diejenigen, die in Regimentern gedient haben sowie die Feigenstämme, deren Tapferkeit in die Legende eingegangen ist. Juanito, der einzige Überlebende der Familie Sanchez, wurde wie alle anderen eingezogen. Das erste Opfer im ersten Kampf war er.«

»Und das Haus, die Villa?« fragte der Spanier beklommen.

»Die Villa? Habe ich euch nicht gesagt, daß einige Häuser den Blitz anziehen wie einige Gesichter die Ohrfeigen. Die Villa wurde vom Blitz getroffen und eine Beute des Feuers. Von ihr blieb nichts übrig als ein paar Ruinen, von denen die Einwohner behaupten, daß es darin spuke. Die Familie Sanchez ist spurlos vom Erdboden verschwunden. Nichts bleibt von ihr übrig, nichts als die Kreuze auf ihren Gräbern, und wer weiß, ob die überhaupt noch stehen! Ihr wollt doch nicht behaupten, daß all dies Zufälle sind? Vielmehr hat sich dies ereignet, weil *sie* es wollte, die grüne Zauberin, die die jungfräuliche Erde ihres Landes schützt gegen die Schändung durch unsere Pflüge, *sie,* die Muslimin, die dem Roumi[1] entgegentritt, *sie,* die geheimnisvolle Macht, die allgegenwärtig ist. Wohl ist *sie* ohnmächtig den Redlichen und Rechtschaffenen gegenüber, aber um so schrecklicher rächt *sie* sich an den Schuften und Gewissenlosen.«

---

[1] Roumi heißt übersetzt »der Römer«, meint aber als pars pro toto jeden christlichen Europäer

Die Frau und ihre schwarze Katze

Der Mann einer Frau ging auf Reisen. Da besorgte sich die Frau eine schwarze Katze, die ihr während der Abwesenheit ihres Mannes Gesellschaft leisten sollte. Sie gewann das Tier von Herzen lieb, und des Abends nahm sie die Katze sogar mit in ihr Bett, wo sie in ihren Armen einschlief. Doch kaum war ihre Herrin eingeschlafen, da löste sich die kleine schwarze Katze aus ihren Armen und erhob sich lautlos, denn sie war eine Dschinnia. Sie ging an die Kleiderkiste ihrer Herrin, in der die kostbaren Gewänder sorgfältig zusammengefaltet lagen, suchte sich einen goldbestickten Kaftan heraus, einen passenden Seidenschal und einen perlenbestickten Gürtel, kleidete sich an und verließ das Haus auf Zehenspitzen.

Kurz vor dem Morgengebet, das der Muezzin[1] bei Tagesbeginn vom Minarett verkündete, kehrte sie zurück. Ihre Herrin schlief dann noch sehr tief. Sie entkleidete sich schnell und lautlos, tat alles wieder an seinen Platz, legte neben den Kopf ihrer schlafenden Herrin ein Goldstück auf das Kissen und schmiegte sich schnurrend an sie, wie eine richtige kleine Katze.

Die Frau war sehr überrascht, jeden Morgen ein Goldstück auf ihrem Kissen vorzufinden. Zu gerne hätte sie gewußt, woher das Gold kam. Eines Abends tat sie so, als ob sie schliefe und wurde Zeuge der Verwandlung ihrer Katze. Sie beobachtete, wie diese sich ihre besten Kleider anzog, sich sorgfältig schminkte und auf Zehenspitzen das Haus verließ.

Kaum hatte die Katze die Tür hinter sich geschlossen, da lief sie in die Küche, holte den schmutzigen Umhang ihrer Dienerin, hüllte sich darin ein, um nicht erkannt zu werden, und folgte der verzauberten Katze.

Nachdem sie eine lange Zeit hinter ihr hergegangen war, auf Straßen, die sie nie in ihrem Leben gesehen hatte, gelangten sie zu einer großen Lichtung, die hell erleuchtet war und wo gerade ein rauschendes Fest gefeiert wurde. Die Frau war entzückt von der kostbaren Garderobe, dem Licht und der schönen Musik.

Sie hörte die Anwesenden ihre Katze mit folgenden Worten

---

[1] Gebetsrufer, der fünfmal am Tag vom Minarett zum Gebet einlädt.

empfangen: »Na, Scheicha Zohra, du kommst aber heute sehr spät!«

Darauf entgegnete ihre Katze, daß ihre Herrin an diesem Abend so spät eingeschlafen sei und daß sie schon befürchtet hätte, gar nicht kommen zu können. Die arme Frau zitterte am ganzen Leib aus Furcht, doch erkannt zu werden. Sie war aber so neugierig, daß sie viele Stunden dort verbrachte, um die Geister lachen und singen zu hören. Sie war begeistert, als sie Scheicha Zohra zu einer Musik von Violinen ganz anmutig und geschmeidig tanzen sah.

Aber als sich die Zeit des Morgengebets näherte, verließ sie das Fest und lief rasch nach Hause. Sie lag gerade im Bett, da verkündete der Muezzin den Gebetsruf vom Minarett, und Scheicha Zohra kehrte auf Zehenspitzen zurück. Die Augen fast geschlossen und beide Hände auf ihre Brust haltend, um das wilde Herzklopfen zu beruhigen, beobachtete sie, mit welcher Schnelligkeit die Dschinnia ihre Katzenform wieder annahm. Dann legte sie sich zu ihr und schnurrte vor Behagen.

Am frühen Morgen kam der Gemahl von seiner Reise zurück, ohne seine Ankunft vorher angekündigt zu haben. Er fand seine Frau schlafend – mit einer kleinen schwarzen Katze in ihren Armen. Da bemerkte er das Goldstück auf dem Kopfkissen neben der schönen Schlafenden, und dies war ihm sehr unangenehm, denn er stellte sich vor, daß sie während seiner Abwesenheit andere Männer empfangen habe und daß das Goldstück der Preis ihrer Untreue sei.

Voll Wut begann er, alles im Haus zu zerschlagen. Die arme Frau, die auf diese rücksichtslose Weise geweckt wurde, glaubte, den Zorn ihres Mannes dadurch besänftigen zu können, daß sie ihm die Wahrheit erzählte. Doch sie hatte ihre Geschichte noch nicht beendet, da sprang ihr die Katze wutschnaubend ins Gesicht, versetzte ihr mit ihren Tatzen Schläge und kratzte ihr die Augen aus, indem sie schimpfte:

»Du neugierige und geschwätzige Person! Das ist dein Lohn!«
Dann löste sie sich in Nichts auf.

Der Mann war nun überzeugt von der Unschuld seiner Frau, aber die kleine schwarze Katze kam nie mehr zurück, und die Quelle ihres Reichtums war für immer versiegt. Scheicha Zohra hatte sich erbarmungslos gerächt.

Die Frösche

Meine Zukunft ist vernichtet. Die Frösche haben sie vernichtet.

Es ist nicht einfach, dir zu erklären, wie jene kleinen, armseligen Geschöpfe dies zustande gebracht haben. Die Schwierigkeit besteht darin, daß ich von Leuten abstamme, die gewohnt sind, daß seltsame Geister in ihr Leben eingreifen. Einige meiner Vorväter kamen durch das Bündnis mit einem *Dschinn* zu Glück und Erfolg, andere fanden im Kampf mit ihnen den Tod. Bei einigen von ihnen aber ging es so weit, daß sie Rahmaniyyat, das sind die weiblichen gläubigen Dschinn, heirateten. Es liegt also nicht fern, daß in meinen Adern Tropfen dämonischen Blutes sind. Das rechtfertigt auch die Beinamen, die meine liebreiche Mutter mir zu geben pflegte, wenn sie über mich erzürnt war. Einer meiner Vorfahren, Mulham as-Sayib mit Namen, angesehenster Mann des Dorfes und, durch die Güte eines jener Geister, reichster Mann seiner Sippe, erwachte eines Morgens, nachdem er eine Nacht im Bett einer Frau verbracht hatte, von der er glaubte, daß sie sein Eheweib sei; doch siehe, es war ein Dschinnen-Mädchen! Sein Enkel Ivas – das war mein Großvater – verlor den Verstand bei einem andern Vorfall, als er nämlich die Nacht im Bett einer Frau verbrachte, von der er glaubte, sie sei eine Dschinnen-Braut. Als es aber Morgen wurde, fand er, daß es sein Eheweib war! Diese meine Großmutter lebte lange; ich habe sie noch gekannt. Deshalb beklagte ich meinen armen Großvater und verstand, warum er verrückt geworden war.

So ist es also nicht verwunderlich, daß seltsame Geister auch meinen Weg kreuzten und den Lauf meines Lebens in andere Bahnen lenkten. Habe ich doch bei meinen Vorfahren Beispiele genug. Aber das Merkwürdige ist, daß sich mir der elendeste und niedrigste dieser Geister in den Weg stellte. Die Verachtung, die mein Ansehen in der Sippe schmälerte, bildete sich, als der Begabteste in ihr erkannte, daß ich, enttäuscht vom Leben, meine Pläne aufgeben mußte, weil die Frösche mir den Weg versperrten! Meine Freunde hatten ein Mittel gefunden, mich davon zu heilen. Sie hatten begonnen, sich über mich lustig zu machen und mir zu erklären, daß die Geister sich an mir gerächt hätten, weil ich über ihre Geistergeschichten gespottet und ihren ererbten Glauben an die Geister erschüttert hatte. Gedanken sind ansteckend wie Krankheiten. Nach meinem großen Scheitern in der Wissenschaft, oder dem großen Scheitern der Wissenschaft an mir, bemerkte ich, wie ich mich Stück für Stück ihren Gedanken zuneigte, und ich wartete in meiner Abgeschlossenheit auf den Tag, da mich einer der Engel des Barmherzigen oder einer der Dämonen Salomons besuchen würde.

Ich will meine Geschichte erzählen, so wie sie sich zugetragen hat, was auch immer an Merkwürdigem in ihr sein mag. Nachdem ich meine vorbereitenden Studien abgeschlossen hatte, entschied ich mich, Medizin zu studieren; nicht, um der Menschheit zu dienen oder um die Schmerzen der menschlichen Gesellschaft zu lindern, wie ein Idealist meinen würde, sondern allein deshalb, weil ich dadurch so lange wie möglich meinem kleinen Dorf und seinem eintönigen Leben fernbleiben könnte. Meine Familie, die aus mir einen Beamten hatte machen wollen, billigte meinen Entschluß. Aber sie verbreitete unter den Leuten, daß ich weit weggehen werde, um mit dem Rang eines »Tahsildar«, das ist Steuererheber, zurückzukehren. Denn für unsere Bauern besaß der Steuereinnehmer höheren Rang und mehr Macht, den Leuten zu schaden, als der Doktor, dessen Macht nicht darüber hinausgeht, die Kranken mit dem Eisen zu brennen und sie mit Salz und Öl einzureiben. Besser als beides wäre es ihrer Meinung nach, wenn ich Gendarm würde, so daß ich die Leute am Schnurrbart zupfen und dafür noch eine Gebühr kassieren könnte. So kam ich in die Medizinische Fakultät und lernte den Weg zum zoologischen Präpariersaal kennen.

Du weißt vielleicht nicht, daß der Mediziner sich im Töten von Tieren üben muß, ehe er seine Kunst an Menschenkindern erprobt? Wenn du das noch nicht gewußt hast, so nimm hiermit Kenntnis davon! Diese Übung findet in der Medizinischen Fakultät, in die ich eintrat, in einem dunklen Saal statt, den man zoologischen Präpariersaal nennt. Als ich ihn zum allererstenmal betrat, befiel mich Scheu. Denn er glich nur zu sehr einem Raum, in dem man Geister herbeibeschwört: er war geräumig, langgestreckt, in der Mitte ein ebensolcher Tisch. An seinen Wänden befanden sich verkleinerte Knochenskelette prähistorischer Tiere, gläserne Gefäße mit einbalsamierten Schlangen und bunte Bilder einzelner Teile des Tierkörpers. Der Saal war finster; es erleuchtete ihn eine Lampe, die kaum etwas von seiner Dunkelheit vertrieben hätte, wenn ihr Licht nicht von der leuchtenden Glatze des Professor Safar reflektiert worden wäre und so sich Licht gegen Licht vermehrt hätte. Der Professor Safar bewegte seine Hand wie ein Hypnotiseur und artikulierte das Arabische so, als ob er syrische[1] Wörter spräche, und die Studenten glitten vom Licht des Tages in die Dunkelheit des Saales, als wären sie die herbeibeschworenen Geistergestalten. An der Tür sah ich ein Skelett, von dem ich glaubte, es sei das Modell irgendeines ausgestorbenen oder sagenhaften Tieres. Ich berührte es mit der Hand, und siehe, es schüttelte sich und behauptete, es sei der Famulus des Präpariersaales und ein Mensch aus Fleisch und Blut.

Es war tatsächlich der Famulus des Präpariersaals; er hieß Abu Yâsîn, eine lange, abgezehrte Gestalt. Er beugte sich beim Gehen nach vorn, indem er die Arme herabhängen ließ, als ob er die Gewohnheit, auf allen vieren zu laufen, noch nicht vergessen hätte. Er hatte boshafte Augen, ein teuflisches Lächeln und einen dünnen Schnurrbart, der wie die beiden Hörner des Teufels über seine untere Gesichtshälfte herunterhing. Er streckte seine Hand nach seinem Behälter aus, genau gesagt, seine Zange in die Kiste, und nahm allerlei Arten von Tieren heraus. Der Professor Safar verlangte von uns, daß wir ihm aus diesen Tieren herausholten, was der Kurde in den Geschichten von Tausendundeiner Nacht aus seinem Sack hervorbringt. So wollte er, daß wir in einem Skorpion acht Testikel-Paare fänden, daß wir nach den Därmen eines kaum fingerlangen Fisches suchten oder daß wir das Nervensystem kleiner Süßwasserkrebse entdeckten, gleichsam als hoffe er, daß wir das Gehirn Newtons im Kopf dieses unglücklichen Tieres fänden. Wir gehorchten seinem Befehl, fielen über diese Tiere her, schlugen und stachen mit Seziermesser und Nadel, als wären es Schwert und Spieß, metzelten und verstümmelten, als hätten sie den Vater eines von uns getötet oder uns die Freitagsruhe geraubt; oder als hätten sie gewagt, dem Professor Safar ins Gesicht zu niesen. Denn im Angesicht des Dr. Safar, unseres Professors, zu niesen, das, mein Freund, war ein gräßliches Verbrechen, dessen Strafe ein scharfer Tadel war, verbunden mit einer ausführlichen Darlegung der neuesten wissenschaftlichen Theorien über die Ausbreitung der Bazillen durch das Niesen und die Geschwindigkeit, mit der sie die Professoren und Studenten der Medizin befallen. Wir beobach-

[1] d.h. die altsyrische Kirchensprache

teten den Kollegen, der sich zum Niesen anschickte, mit einer
Aufmerksamkeit, mit der man eine Bombe beobachtet, die im
Begriff steht zu explodieren. Wir verstopften ihm seine Öffnun-
gen und brachten ihn weit weg. Um das Gemüt des Professors
zu beruhigen, waren wir bisweilen gezwungen, unseren Kom-
militonen in einen Eimer Wasser zu tauchen oder ihn in einem
Berg Sand zu vergraben. Dies war für Dr. Safar ein Anlaß zu
Vorträgen und Belehrungen; für die Studenten war es ein Grund
zur Belustigung und eine Quelle für Erzählungen, für die Ver-
käufer von Niespulver und dergleichen aber ein Born des Segens
und Gewinns.

Ich muß nun den zoologischen Präpariersaal mit seinem Famulus und seinem Professor lassen, um dir die Geschichte von
Anfang an zu erzählen. Im Anfang war ein Festessen oder eine
Einladung bei meiner Zimmerwirtin, bei der ich nach Art der
Studenten wohnte. Meine Wirtin hatte mir versprochen, mir bei
dieser Einladung eine Art von Essen vorzusetzen, das ich vorher
nie gekostet hätte, ich, der ich aus fernem Land gekommen war,
sehr fern für die Begriffe meiner Hausherrin mit ihrem schwer-
fälligen Leib und Verstand. Es fand also statt, und ich verschlang
jenes Gericht so gierig, daß keine Spur mehr auf dem Teller
blieb, mehr, weil ich meine gastfreundliche Wirtin zufriedenstel-
len wollte, als weil das Gericht mir mundete. Es sah aber normal
aus und schmeckte angenehm; ich dachte, es wäre Fleisch von
fetten Vögelchen, deren zarte Schlegel eine feine gelbe Fett-
schicht einhüllte und deren weiche Knochen sich zwischen den
Zähnen lautlos und ohne daß man ein Knacken hörte, zermalmen ließen. Ach, hätte doch die freigebige Wirtin als versiegeltes
Geheimnis behalten, welche Bewandtnis es mit dieser Einladung
hatte! Denn viele unangenehme Wahrheiten besitzen Zauber und
Reiz, solange Dunkelheit sie umgibt. Ziehst du aber den Schleier
von ihrem Gesicht, dann siehst du, wie gräßlich sie sind. So war
es auch mit jenem Gericht. Als ich es pries und meiner Wirtin
meinen Gefallen daran zeigte, wollte sie – Gott verzeihe ihr oder
tue mit ihr, was er will – mein Erschrecken erregen und mein
Staunen mehren. Sie erklärte mir in aller Ruhe: »Was du gege-
sen hast, war nicht Fisch und auch kein Vogelschlegel, sondern
Froschschenkel!«

Hast du schon einmal von einem Fluß namens Balich gehört?
Natürlich nicht... Wenn der Lauf dieses Flusses im Sommer sich
verlangsamt und seine Wasser abnehmen, so daß sie nicht mehr
zu seiner Mündung in den großen Strom gelangen können,

hinterläßt dieser Fluß, ich meine den Balich, in den Windungen seines Laufes fauligen Schlamm, und zu seinen Seiten bleiben Lachen stehenden Wassers von einem trüben Blau oder Grün. Auf der Oberfläche treiben schmutzige Blasen, mittenheraus ragen Klumpen Morast, vermengt mit dem Bodensatz des Flusses, von der Strömung angeschwemmte Überbleibsel der Nomaden, die ihn überquerten oder an seinen Ufern Rast machten. Von diesen Lachen erheben sich nachts Schwärme von Moskitos, die sich in der stehenden Luft bewegen, begleitet von dem Quaken dieser verhaßten Geschöpfe, der Frösche.

Die Frösche bildeten für mich das häßlichste aller Sedimente, die sich seit der Kindheit in meiner Seele abgelagert haben, angefangen von den gefleckten Schlangen, die sich in der roten Mittagshitze zusammenrollten, um sich in den Spalten an den Ufern des Balich zu verstecken, bis zu den Lachen brackigen Wassers mit seinem ganzen Dreck. Ich komme plötzlich zu mir! Mein Bauch ist gefüllt mit dem Fleisch jener widerlichen Tiere! Es war also nur natürlich, daß mein Inneres ausspie, womit es angefüllt war, und daß ich den Rest des Tages im Bett verbrachte. So oft ich mir in Erinnerung rief, daß meine Leute mich dringend gewarnt hatten, einen Frosch anzurühren, weil dies die häßlichen Warzen an den Fingerspitzen und Handrücken wachsen läßt – so oft ich mich dessen erinnerte, brauste mein Inneres auf, tobte mein Magen, und über die Frösche und ihresgleichen unter den Tieren ergoß sich der Strom von Schmähungen, die mit den Resten des Essens aus meinem Munde brachen.

So kam ich am Morgen des folgenden Tages in den zoologischen Präpariersaal, an meinem Gaumen noch der widerliche Geschmack der Froschschenkel, auf meiner Zunge Verwünschungen. Ich setzte mich auf meinen erhöhten Sitz vor dem Seziergestell und betrachtete in einfältiger Ruhe das gläserne Bassin mit dem Korkboden, das vor mir stand. Vor allen meinen Kameraden stand ein solches Bassin, dafür bestimmt, den Blutegel, den Fisch oder die Schnecke aufzunehmen, über die das unglückliche Geschick verhängt war, an jenem Morgen zerstückelt zu werden, damit die Wissenschaft um neue bedeutende Männer reicher würde. Dann hob ich meinen Kopf und schaute zu den langhalsigen Flaschen hin, die einbalsamierte Schlangen und Skorpione enthielten, und auf die Bilder des Dinosaurus und des Mammut, die an den Wänden aufgehängt waren, in der Erwartung der Zange des Abu Yasin und dessen, was sie trug. Während ich zerstreut meinen Blick zwischen der Glatze des Professor

Safar und dem versteinerten Ei eines ausgestorbenen Tieres wandern ließ, indem ich beide verglich, bemerkte ich den Geruch des Abu Yasin. Dies war ein besonderer Geruch, gemischt aus Formol, Spiritus und Stoffen, die die Laboratorien der Chemie unmöglich herzustellen vermochten, sondern den Poren der Haut Abu Yasins entströmten. Ich wandte mich ihm zu, indem ich fragte, was er mir heute zum Präparieren zugedacht hätte. Da deutete er mit seiner Zange auf mein Glasbassin, indem er sagte: »Ich hab ihn vor dich hingesetzt, schau!« Da schaute ich hin, und siehe, vor mir lag auf dem Rücken, Schenkel und Füße in die Höhe, ein Frosch, ein fetter Frosch!

Der Bauch des Frosches war mir zugewandt; er war blendend weiß. Die Weiße erstreckte sich bis zur Innenseite seiner Schenkel und bis zum Ansatz seines pyramidenförmigen Kopfes. Sein Maul war geöffnet in einer Mischung von Bösartigkeit und Dummheit, als ob er die Flüche erwidere, die ich seit dem Mittag des vorhergehenden Tages bis zu dieser Minute gegen das Geschlecht der Frösche gerichtet hatte. Während ich auf jene tote weiße Farbe schaute, bemächtigte sich meiner ein Widerwille und ein Ekel, so daß ich meinen Magen in meinen Mund kommen fühlte. Ich streckte langsam meine Hand aus, weil ich Furcht empfand, daß sich meine Finger mit Warzen bedecken würden, sobald sie die gefleckte Froschhaut berührten. Ich spürte, daß ich in tiefster Seele wünschte, fliehen zu können. Aber ein Blick um mich her auf meine Kameraden, die alle eifrig mit ihrem Frosch beschäftigt waren, fesselte meine Füße an den Boden, aus Furcht, sie würden mich verspotten und auslachen. Sollte ich vor einem Frosch fliehen? Schließlich wagte ich es, und mit einer schnellen Bewegung packte ich den dünnen Unterschenkel des Frosches mit Zeigefinger und Daumen, so, als fasse ich glühende Kohlen an.

Was danach geschah, war merkwürdig. Zunächst glaubte ich, es sei bloß Einbildung; eine Ausdehnung des Ekelgefühls, das ich verspürt hatte, bevor ich den Frosch mit meinen Fingern berührte. Aber meine Augen sahen, und meine Finger fühlten, und die nachfolgenden Ereignisse bezeugten, daß der Vorfall tatsächlich geschehen und keine Einbildung war. Ich spürte, nein, ich sah mit meinen Augen, daß die beiden Finger, mit denen ich die Seite des Frosches betastet hatte, anschwollen, schnell anschwollen, als ob sie in einem Augenblick zu zwei großen Warzen geworden wären, und ich fühlte, daß die Haut um sie herum nahe daran war zu bersten. Ich schloß meine Augen, um diese Einbildung zu vertreiben, die sich meiner bemächtigt hatte, und als ich sie öffnete, fand ich, daß sich die Geschwulst bereits über alle Finger und schon über die Handfläche ausgedehnt hatte.

Ich hob meinen Kopf von dem Glasteller und spürte, daß er, nämlich mein Kopf, sich schnell drehte und auch die Dinge um ihn herum sich drehten. Es kam mir vor, als wären die einbalsamierten Schlangen aus ihren Flaschen gesprungen und würden an den Wänden herumkriechen, als hätte sich in die Bilder an der Wand Leben eingeschlichen, als kämpften nun Dinosaurus und Mammut miteinander auf dem Tisch, der sich in einen dichten Dschungel verwandelt hatte. Ich schaute zu den Fröschen, die auf den Tellern meiner Kameraden lagen, und sah, auch sie lebten und begannen, auf dem Geistertisch um die Wette zu hüpfen. Der Kopf des Dr. Safar schien mir zu wachsen und immer heller zu leuchten. Die Bazillen, die er fürchtete, waren auch gewachsen und zu Reptilien geworden, die auf seiner Glatze, die sich wie der Gipfel eines kahlen Berges erhob, umherkrochen. Da packte mich ein Lachen. Ich lachte, lachte und lachte... Mein Lachen wurde erst unterbrochen durch die Schreie meiner Kameraden um mich und das Poltern der Hokker, das mir erschien wie das Rollen des Donners. Dann verlor ich das Bewußtsein.

Als ich wieder zu mir kam, befand ich mich in der Universitätsklinik, und um mein Bett standen einige meiner Kameraden und ein paar Medizinprofessoren. Ich versuchte zu reden, aber sie winkten mir, zu schweigen. Das erste, worüber ich Gewißheit haben wollte, als mir sämtliche Gedanken und die Erinnerung zurückkamen, waren meine Finger. War es Einbildung oder Wirklichkeit, daß sie einen Augenblick angeschwollen waren? Ich hob meine Hände und brachte sie nahe an meine Augen, denn ich verspürte Mühe, meine Augenlider zu heben und meinen Blick in die Ferne zu richten. Ich sah, meine Handflächen waren ganz mit einer bläulichen Farbe überzogen und ziemlich angeschwollen, als wäre ich über Nacht dick geworden. Eine Art Kruste oder Schuppen bedeckte ihre blau gewordene Haut. So war es auch an allen Gliedern, und ich fragte mich, ob ich träume. Ob das Liegen in diesem Bett, die Schwellung der ganzen Glieder meines Körpers, meine Besinnungslosigkeit, ob wohl all dies durch die Berührung mit dem Frosch kam? Ich bewegte meine Zunge, um die Reptilien, ihre Nachkommen, Vorfahren und die ganze Gattung zu verfluchen. Aber ich spürte, wie Angst, wie richtige Angst sich in meine Seele schlich und meine Zunge lähmte, so daß sie nichts davon artikulieren konnte. Ich aber zog mich in meine Haut zurück aus Furcht vor den Fröschen!

Als ich das Krankenhaus verlassen durfte, zehn Tage nach dem Tag des Frosches, war mein Leib gesund, doch meine Seele hatte einen Knacks. Sie war wie eine Vase aus kostbarem Porzellan, die einen feinen Riß bekommen hatte, der ihre Form nicht verändert, aber ihren Widerstand schwächt, so daß sie beim ersten Zusammenstoß zerbricht. Mit zunehmender Unruhe erfüllte mich das Bewußtsein, daß im zoologischen Präpariersaal ständig ein Frosch auf mich wartete. Weil nämlich Dr. Safar auf mich lauerte, um von mir das versprochene Pfund Fleisch, ich meine den sezierten Frosch, in Empfang zu nehmen. Er würde mich nicht zur Jahresabschlußprüfung zulassen, wenn ich nicht diese Sirat-Brücke[1] passierte.

Es war ein denkwürdiger Tag, als ich in den zoologischen Präpariersaal zurückkehrte. Für die Kameraden, die Studenten, war ich der lange, breite Dorfbursche, den ein Frosch in Furcht versetzt und besinnungslos zu Boden wirft. Für die Professoren war ich ein Versuchstier, ein Meerschweinchen. Um mich entstand ein Streit zwischen einem jungen Professor, den die europäischen Institute kürzlich ausgespuckt hatten, und den alten erfahrenen Medizinern. Sie betrachteten den Fall als eine klare Sache, bei der sich Ekel und Furcht vor etwas Ungewohntem verbanden. Für sie stand fest, daß das Geschehnis nicht wiederkehren werde und daß Ruhe und Gewöhnung an den Anblick eines Frosches eine Wiederholung dieses Vorfalls nicht zuließen.

Der junge Arzt, der aus dem Okzident kam, mit stolzer Nase und aufgeblähter Arroganz, pflegte fremde lateinische Bezeichnungen zu gebrauchen und sie mit noch fremdartigeren arabischen Wörtern zu übersetzen. Er bezeichnete es mit Irritabilität, Hypersensibilität und anderen noch seltsameren, ausgefalleneren Ausdrücken. Das Feld schien ihm zu gefallen. Er begann zu philosophieren in dieser Arena, in der niemand mit ihm konkurrieren konnte. Er verglich meinen Fall mit dem Fall Artus und den Versuchen Richets, und er zitierte seinen Kollegen die Theorien einer Person namens Hoffmann und anderer, die ich nicht kenne und die mich nicht kennen. Seine Ansicht stand im

---

[1] Nach dem islamischen Volksglauben gelangen die Seelen nur über die haardünne, messerscharfe Sirat-Brücke ins Paradies. Die Seelen der Bösen stürzen von ihr ab in die Hölle.

Gegensatz zu der Meinung seiner älteren Kollegen: Mein Körper sei infolge jenes Essens, das mein Inneres ausgespien hatte, gegenüber der Materie Froschkörper empfindlich geworden. Alles werde sich in derselben Art wieder äußern, sobald meine Haut mit einem Frosch oder einem Reptil der gleichen Gattung in Berührung komme, oder noch schlimmer. So hatten sich nun die Professoren an jenem Morgen im zoologischen Präpariersaal um mich versammelt, um dieses seltsame Phänomen an dem neuen Versuchstier zu studieren. Merkwürdig daran war, daß niemand mich um meine Meinung nach dem Geschehenen fragte. Wäre ich gefragt worden, dann hätte ich nicht den Mut gehabt, auszusprechen, wovon ich im tiefsten Innern überzeugt war. Ich hatte das dunkle Gefühl, es sei eine persönliche Angelegenheit zwischen mir und den Fröschen, die sich an mir rächen wollten; alles, was mir zugestoßen war, sei von ihnen gewollt, weder ein Zufall, wie die Alten sagten, noch Irritabilität, wie der junge Professor behauptete, wenn ich auch wie dieser letztere überzeugt war, daß die Frösche es mir nicht erlauben würden, sie anzurühren oder ihre Haut mit einem Skalpell zu verletzen, und daß das Geschehene sich wiederholen würde, wenn ich dies versuchte.

So geschah es. Es war ein Zusammenstoß, der fast mein Leben vernichtet hätte, wenn mir nicht sofort ärztliche Hilfe zuteil geworden wäre. Der junge Arzt reckte seinen Kopf in die Höhe, stolz, daß er es gewußt hatte, und wurde noch selbstsicherer. Ich aber war davon überzeugt, als ich aus meiner Bewußtlosigkeit erwachte und seine komplizierten Kommentare und die Bemerkungen des Dr. Safar darüber hörte, daß das Tor des zoologischen Präpariersaals endgültig für mich verschlossen war. Die Frösche – Dr. Safar hinter ihnen – hatten mir aufgelauert, während der junge Professor, der einen neuen Ruhm auf Kosten meines Unglücks aufbaute, dabei half. Er versicherte, daß die Eiweißmoleküle meines Körpers ihrer Zusammensetzung nach unmöglich mit den Eiweißmolekülen des Froschkörpers harmonieren könnten, und daß die bloße Berührung zwischen diesem und jenem zu einer Ablagerung in den Körpersäften führe, zu einer Erschütterung in den Kolloiden des Blutes, zu einer Verdickung in der Zellmaterie und so fort. Dies alles hatte einen klaren Sinn: Ich werde von nun an keinen Frosch mehr berühren können, und Dr. Safar hatte eine goldene Gelegenheit gefunden, sich an mir zu rächen für die Niesanfälle, die ich ihm verursacht hatte, als ich ihm Niespulver zwischen die Blätter

seines Notizbuches streute, aus dem er seine Vorlesungen vorzu-
tragen pflegte, und für die Überfälle der Bettler, die ich gegen
ihn aufhetzte, seine Hände zu küssen, um Millionen von Bazillen
zu verbreiten, Millionen von Bazillen, die ihm im Traum erschienen, so daß er schlaflos wurde. Denn er wird mir nicht
erlauben, in den zoologischen Präpariersaal zurückzukehren,
solange ich keinen Frosch anfassen kann. Dadurch werde ich das
erste Jahr der Medizin nicht absolvieren können. Ich hatte keine
Möglichkeit mehr, diese Wissenschaft zu studieren, für die ich
mich vorbereitet und auf die ich meine Zukunft gebaut hatte.
Meine Zukunft war zerbrochen und vernichtet.

So kehrte ich in mein Dorf zurück und hörte mir die Geschichten
meiner Vorväter an, die die Geister glücklich oder unglücklich
gemacht hatten. In jeder Lage aber, als Freunde oder Feinde,
hatten sie als Partner Könige der Dschinn oder deren Söhne.
Aber ich konnte, wie meine Freunde im Dorf und meine Vettern
sagten, nicht einmal dem schwächsten der Geister trotzen.
Bei den einzelnen Mitgliedern der Sippe gereichte es mir zur
Schande und Verachtung, daß meine Zukunft von Fröschen
vernichtet worden war.

Ich falle

Ein Arbeiter lebte mit seiner Frau und seinen Kindern als Mieter in einer kleinen Wohnung der Stadt. Es gelang ihm aber nie, seine Miete pünktlich zu bezahlen, denn da er weder fleißig noch regelmäßig arbeitete, war sein Lohn sehr gering. Der Hausbesitzer war es bald leid, jedesmal Schritte unternehmen zu müssen, um sein Geld zu erhalten, und eines Tages sagte er ihm mit dem Zorn, der sich lange angestaut hatte: »Wenn die Miete für die Wohnung morgen nicht auf meinem Tisch liegt, dann werfe ich dich und deine Familie hinaus und setze eure Möbel vor die Tür!«

Da er wieder einmal keinen Pfennig Geld hatte, verbrachte der Mann den Tag damit, in dem Städtchen und seiner Umgebung nach einer Wohnung zu suchen. Doch kein Hausbesitzer konnte sich für einen solchen Mieter begeistern. So ging er immer weiter hinaus aufs Land, und nach längerem Suchen entdeckte er dort ein solides Haus in ordentlichem Zustand und mit einem großen Garten. Die Bewohner hatten es seit einiger Zeit verlassen, weil es darin spukte, und keiner wollte seitdem in das Haus einziehen, in dem Geister ihr Unwesen trieben.

Dem Mann gefiel es, und er holte seine Frau, um ihre neue Wohnung zu begutachten. Sie sagte: »Es ist gut hier! Das Haus ist sehr geräumig, so daß wir mit dem Erdgeschoß auskommen! Bring mir einen Besen, eine Bürste und einen Eimer Kalk! Ich werde es putzen und weißen!«

Nachdem sie diese Arbeit hinter sich gebracht hatte, schnitt sie Äste aus den wuchernden Sträuchern des Gartens und machte damit ein Feuer in ihrem Ofen; dann verbrannte sie Weihrauch und grüßte die Geister des Hauses, indem sie sprach: »Seid gegrüßt, Mitbewohner unter diesem Dach, und gewährt uns euren Schutz!«

Danach war sie beruhigt, und als die Dunkelheit anbrach, breitete sie die Matten aus und legte sich mit ihren Kindern hin. Umsonst wartete sie auf ihren Mann.

Um Mitternacht vernahm sie eine Stimme, die aus der ersten Etage kam; durch einen geöffneten Spalt in der Decke hörte sie jemanden fragen: »Kann ich fallen?«

Diese Frage wurde dreimal hintereinander wiederholt. Beim dritten Mal antwortete die Frau: »Falle, wenn du willst!«

Da fiel der blutüberströmte Kopf eines jungen Mannes vor ihr auf die Erde. Voller Mitleid sah die Frau ihn an und sagte: »Der Ärmste! Man hat ihn geköpft!«

Sie hatte nur ein Bettuch. Das schnitt sie in zwei Teile; die eine Hälfte behielt sie für sich, und die andere breitete sie auf der Erde aus. Behutsam legte sie den blutüberströmten Kopf darauf und hüllte ihn darin ein. Da vernahm sie schon wieder die Stimme über dem Spalt in der Decke, die fragte: »Kann ich fallen?«

Wie zuvor wurde die gleiche Frage dreimal hintereinander wiederholt.

Nach dem dritten Mal antwortete die Frau: »Falle, wenn du willst!«

Und von der Decke fiel ein blutüberströmter Arm auf den Fußboden. Die Frau legte ihn ehrfürchtig an die rechte Seite des Kopfes, denn es war der rechte Arm.

Dann hörte sie aus dem Deckenspalt die gleiche Stimme die gleiche Frage dreimal wiederholen. Und dieses Mal fiel der linke Arm auf den Fußboden. Die Frau legte ihn auf die andere Seite. Weil die Hälfte des Bettuches schon nicht mehr reichte, nahm sie die andere Hälfte, die sie für sich zurückgelegt hatte, und legte sie über den Kopf und die Arme.

Da ließ sich die Stimme wieder vernehmen, und auf dieselbe Weise wie zuvor fielen noch das rechte und linke Bein und der Rumpf durch die Luft auf den Fußboden. Jedesmal hörte die Frau die dreimal wiederholte Frage, antwortete affirmativ und setzte dann auf dem Tuch den Körper des Jünglings zusammen.

Dabei trauerte sie um den Jüngling und klagte: »Bei Allah, wie bösartig sind diejenigen, die einen so jungen, schönen Mann töten!«

Sie bedeckte den Körper, den sie wieder zusammengesetzt hatte, andächtig mit der anderen Hälfte des Bettuches. Als sie aufblickte, war das Zimmer bevölkert von weißverschleierten Frauen, die auf der Stirn das schwarze Band der Trauer trugen. Sie lüfteten eine nach der anderen das Tuch und betrachteten den Leichnam des Jünglings.

Dann begannen sie zu weinen, und die Frau weinte mit ihnen. »Jüngling«, sagte sie dabei, »ich weine über dein Los und auch über das meine, das so schwer ist!«

Die Klagefrauen zerkratzten mit ihren Fingernägeln ihre Gesichter, und die Frau tat es ihnen nach. Dann ließen sie ihren Klagen freien Lauf, und die Frau klagte und seufzte mit ihnen.

Bei Anbruch des Tages sagten die Klageweiber: »Jetzt müssen wir gehen. Wir lassen dir unseren Toten. Er gehört dir, und du bist hier zu Hause. Lüfte das Tuch, wenn es vollends Tag ist!«

Die Frau tat, wie die Geister ihr befohlen hatten. Am Morgen lüftete sie das Bettuch – und siehe da, an der Stelle des Leichnams lag ein Goldstück, das die Form des Jünglings hatte. Überglücklich nahm sie es und ging damit auf den Basar, um Nahrungsmittel zu kaufen. An diesem Mittag bereitete sie sich und ihren Kindern ein Festessen zu. Dann ging sie wieder auf den Markt und besorgte Kleidungsstücke für sich und ihre Kinder und Einrichtungsgegenstände für das Haus, denn jetzt war sie sicher, dort wohnen zu bleiben, da sie das Vertrauen der Geister gewonnen hatte.

Ihr Mann ließ sich drei Tage lang nicht sehen. Der Grund war nicht nur die Furcht vor Geistern; er zog auch seinen Nutzen daraus, einmal ohne Familie zu sein, und er gab seinen ganzen Verdienst aus, um sich ein paar schöne Tage zu machen. Am dritten Tag entschloß er sich endlich, zu den Seinen zurückzukehren. Wie groß war seine Verwunderung, das Haus so wohnlich anzutreffen!

Als seine Frau den Grund seiner langen Abwesenheit wissen wollte, erklärte er ihr: »Ich habe überall nach einer Arbeit gesucht, bis ich schließlich sehr weit von hier entfernt eine gefunden habe. Erst jetzt komme ich von dort zurück! Aber wer hat inzwischen all die kostbaren Sachen ins Haus gebracht? Die Nachbarn?«

»Die Geister dieses Hauses sind wohlwollend«, sagte sie zu ihrem Mann und zeigte ihm das Gold.

Hocherfreut und erleichtert verbrachte der Mann diesen Abend bei seiner Familie. Genau um Mitternacht klopfte es an die Tür, und der Zug der weißverschleierten Frauen mit den schwarzen Stirnbändern betrat das Zimmer, und jede von ihnen war mit einem Stock bewaffnet: »Wo warst du in den letzten drei Tagen?« fragten sie den Mann.

»Ich suchte Arbeit und fand sie an einem weit entlegenen Ort«, antwortete er.

»Das ist falsch«, riefen die Frauen, »du hast in der Stadt gearbeitet und Geld verdient! Du hast es für dein Vergnügen ausgegeben und deine Frau und deine Kinder im Stich gelassen!« Dabei zogen die Frauen an dem Mann vorbei, und jede von ihnen versetzte ihm einen Schlag auf den Rücken.

»Von nun an überwachen wir dich!« verwarnten sie ihn. »Wir folgen dir, wohin du auch gehst, in die Stadt, ans Meer, ins Gebirge... Während du dich vergnügtest, hat deine Frau hier alles alleine getan! Sie hat geputzt, geweißt und den Garten in Ordnung gebracht. Wir schätzen sie, denn wir lieben Sauberkeit und Ordnung. Sie hat noch mehr getan: Sie hat unsere Toten geehrt und mit uns geweint...«

Und zu der Frau gewandt sagten sie: »Von jetzt an sollst du über deinen Mann und deine Kinder gebieten. Du bist unsere Schwester! Haus und Hof gehören dir, und wir sind allzeit bereit, dir zu helfen, wenn du uns rufst. Ansonsten lassen wir dich nun in Frieden.«

Sie umarmten – eine nach der anderen – die Frau. Dann verschwanden sie in ihren weißen, wallenden Gewändern mit langsamen Schritten durch die geöffnete Tür.

Jonas

Ich konnte vorher nicht ahnen, daß es eine schwarze Nacht werden würde; und ich hatte mir auch nicht vorstellen können, daß ich am Ende wie ein Leichnam auf den Schultern zum Krankenhaus getragen würde.

Nachdem ich ihnen die nötigen Informationen über mich gegeben hatte, und nachdem sie meinen Namen und die Nummer meines Personalausweises auf einem handgroßen Formular eingetragen hatten, führten sie mich zu einem Zimmer im oberen Stockwerk am Ende eines finsteren Korridors. Sie erklärten mir, sie hätten kein anderes Zimmer, und Mahmud Bey werde es mit mir teilen, wenn er wie gewöhnlich spät nach einem langen Abend im Kasino zurückkehren werde. Es interessierte mich nicht, Näheres über Mahmud Bey zu erfahren, und so fragte ich nicht weiter, sondern betrat das Zimmer und schloß die Tür hinter mir. Ermüdet von der langen Fahrt im Überlandbus, vom Schweißgeruch, Staub und Gedränge war meine einzige Sorge, so schnell wie möglich in Schlaf zu sinken. Ich warf einen flüchtigen Blick auf das Zimmer. Es befand sich darin nichts weiter als ein kleiner Holzschrank und ein schmales Bett, das mir düster wie eine Bahre erschien. Auf dem Bett lag ein weißes Laken mit dunklen Flecken und eine Steppdecke, an deren schmutzigen Rändern Schweißspuren zu sehen waren. Ich warf mich auf den einzigen Stuhl, der neben dem Bett stand, zog meine Kleider aus und streute sie um mich, wie es gerade kam. Ich holte meinen Schlafanzug aus meiner Tasche und zog ihn schnell über, bevor mich der Schlaf überwältigte. Die Sorgen des Tages hatten sich gehäuft, daß ich nicht mehr in der Lage war, über irgend etwas nachzudenken. Am Morgen hatte mich mein Vater aus dem Haus hinausgeworfen. Er hatte mir, so laut er konnte, ins Gesicht geschrien: »Scher dich zum Teufel! Und wehe dir, wenn du die Schwelle meiner Tür noch einmal überschreiten solltest. Ich würde dich zum Krüppel schlagen!«

Als ich versuchte, ihm zu antworten, spuckte er mir ins Gesicht und ohrfeigte mich. Ich mußte das Haus verlassen und sollte ihm nicht mehr unter die Augen kommen, wie er sagte. Es war sinnlos geworden, noch einmal eine Versöhnung zu versuchen, nachdem er mich mehrfach vor den Leuten beschimpft hatte. Meine Mutter weinte, als sie sah, daß ich meinen Koffer packte: »Er ist doch auf jeden Fall dein Vater«, sagte sie. »Geh hin und küß ihm die Hand, und er wird dir schließlich verzeihen.« Ich schrie sie an und sagte, daß das Zusammenleben mit ihm unerträglich geworden sei. Und Gottes Erdboden sei weit. Ich sagte, ich würde mit ihm abrechnen und zu meinem Recht kommen. Wenn Gott wolle, würde ich ihn entmündigen lassen und in die Irrenanstalt bringen.

Meine Mutter gab mir einen Pfundschein. Den steckte ich mit den beiden Scheinen, die ich selbst hatte, in die Tasche. Ich warf die Tür hinter mir ins Schloß, dabei hörte ich meine Mutter Gott anflehen, er möge mich auf den rechten Pfad führen und mich vor dem Bösen schützen.

Dem Handeln meines Vaters, das jedes erträgliche Maß überschritten hatte, mußte Einhalt geboten werden. Er dachte überhaupt nicht mehr an mich, meine Mutter und meine kleinen Geschwister. Die Kleinen besuchten noch die Schule und sollten erzogen werden. Er gab uns keinen einzigen Piaster mehr. Er ließ uns nicht einmal die Freiheit, unser Leben selbst zu bestimmen. Der Lebensmittelladen, den wir besitzen, hätte uns genügt und uns vor Schmach bewahrt. Aber unser Vater hatte unseren Namen so in den Schmutz gezogen, daß alle Einwohner unserer Stadt von seinen Schandtaten redeten und uns durch geheuchelte Anteilnahme ständig daran erinnerten.

Es genügte ihm nicht, das Haus zu verlassen, und nachdem er die Sechzig schon überschritten hatte, mit Hanim, der Tänzerin, zu leben, von der einige auch sagen, daß sie die Magd des Dorfschulzen gewesen sei, dessen Zusammenkünfte er nie versäumte, sondern er kam regelmäßig alle zwei Tage wütend ins Geschäft, leerte die Kassen, rechnete mit mir ab, verdächtigte mich des Diebstahls und beschuldigte mich, die Arbeit zu vernachlässigen und die Kunden zu vertreiben. Ich ertrug es lange geduldig, nahm die Last auf mich, bis ich es müde wurde und Mitleid mit mir selbst bekam angesichts der Erniedrigung, des Unglücks, der Schmach, der Flüche mit und ohne Grund.

Ich mußte an eine Lösung denken, die uns das tägliche Brot sicherte und uns vor den Übergriffen und Schandtaten meines Vaters bewahrte. Ich beschloß, zur Provinzhauptstadt zu fahren und mich nach einem Mann namens Hassan zu erkundigen, der aus unserer Gegend stammte und der Gehilfe bei einem Rechtsanwalt war, um von ihm zu erfragen, ob ich ein Entmündigungsverfahren gegen meinen Vater beantragen könnte. Und so fuhr ich an diesem Tag und kam müde am Abend in dem billigen Hotel an, wo man mir dieses Zimmer anwies.

Ich öffnete plötzlich die Augen, als ich warme Atemzüge auf meinem Gesicht spürte. Das erste, was ich sah, war ein rotes gedunsenes Gesicht, dessen Züge ich zunächst nicht genauer erkennen konnte. Ich stützte mich im Bett auf und wollte mich für meine Anwesenheit im Zimmer entschuldigen und dem Manne, der mit dem Ausziehen der Kleider beschäftigt war, erklären, daß es nicht meine Schuld sei, daß ich mit ihm in dieser Nacht das Zimmer teilen mußte.

Ich vernahm eine tiefe, rauhe Stimme: »Guten Abend.« Verlegen beantwortete ich den Gruß, hob meine Hand zum Kopf und brachte meine Haare etwas in Ordnung.

»Sie haben laut geschnarcht. Sie scheinen müde zu sein.«

Ich blickte ihn an und nahm sein großes Gesicht, seinen kahlen Kopf und seine dicke Brust wahr und erklärte: »Von der Reise. Ich hoffe, daß ich Sie diese Nacht nicht störe.«

»Nein, nein! Ich habe immer einen tiefen Schlaf.«

Dann fügte er nach einer Weile, während er die Jacke seines Schlafanzugs überzog, hinzu: »Sie sind hier fremd?«

»Ja! Ich bin hierher gekommen, um Rat bei einem Rechtsanwaltsgehilfen aus unserem Dorf zu holen. Vielleicht werde ich auch eine Klage vor Gericht anstrengen.«

»Vor Gericht? Dann wird der Fall vor mir verhandelt werden.« Ich stützte mich im Bett höher auf und fragte: »Exzellenz...«

»Ja«, unterbrach er mich, »ich bin Richter beim Bagatellgericht. Ich komme zwei Tage in der Woche hierher und fahre dann am Abend nach Kairo zurück.«

Ich wurde aufmerksamer. Ich wollte die Gelegenheit benutzen, um ihn in meiner Sache zu Rate zu ziehen. Ich begann, ihm meine Geschichte mit meinem Vater zu erzählen, während er ruhig zuhörte. Als ich geendet hatte, fragte er lächelnd: »Wie heißt du?«

Obwohl mir die Frage nicht zum Thema zu gehören schien, antwortete ich: »Jonas ›Abd al-‹Azim«.[1]

Nachdenklich senkte er seinen Kopf, so daß er das dichte schwarze Haar auf seiner Brust fast berührte.

»Jonas was?« sagte er, »was willst du?«

---

[1] Diener des Gewaltigen (Beiname Allahs).

Eine unsinnige Antwort entwischte mir, als hätte ich im Traum geschrien: »Ich will Gerechtigkeit!«

Sein Gesicht verdüsterte sich, und er strich mit der Innenfläche seiner Hand über sein Kinn: »Jonas, und er sucht Gerechtigkeit. Wieder die alte Geschichte.«

Ich verstand nichts. »Exzellenz, sehen Sie eine Aussicht auf Erfolg für meine Klage?«

Er stand still, dann begann er wieder mit so großen, bedächtigen Schritten im Zimmer auf- und abzugehen, daß es eng zu werden schien. Plötzlich hielt er an und deutete mit seiner mächtigen Hand auf mich. »Weißt du, was ihm zugestoßen ist?«

Verwirrt fragte ich: »Ihm? Wen meint Eure Exzellenz?«

Nervös erwiderte er: »Jonas natürlich. Jonas, habe ich dir gesagt!«

Noch verwirrter stammelte ich: »Und wo ist ihm etwas zugestoßen?« Als hätte er mich nicht gehört, fuhr er fort: »Im Bauch des Wals natürlich!«

Da ich nicht verstand, wovon er redete, hielt ich es für angemessen, zu schweigen. Meine Angst wuchs, als ich sah, wie er sich dem Bett näherte und mich anschrie, als versuchte er einen Toten zu erwecken: »Schande über dich, daß du es nicht weißt!«

Ich schluckte und suchte in meinem Kopf nach einem Wort, um ihn zu beschwichtigen und um mich zu entschuldigen, daß ich hier fremd sei und von der Geschichte nichts wisse. Ich beruhigte mich jedoch etwas, als ich sah, daß er sich umdrehte und einige Schritte ins Zimmer hinein machte. Er hielt genau in der Mitte an, verschränkte die Arme vor der Brust, rieb sich das Kinn und begann zu reden:

»Die Wahrheit ist, daß die Ansichten über diese Frage auseinandergehen, weit auseinandergehen, daß es mich nicht wundern würde, wenn du sie widersprüchlich fändest. Es gibt einige, die zum Beispiel sagen, daß Jonas die Stadt freiwillig verließ und sich zur Küste begab, nachdem er an den Einwohnern von Ninive verzweifelt war. Andere sagen, daß Gott selbst ihn aus der ruhmreichen Stadt vertrieben hat. Jedenfalls war er der Meinung, daß er an seiner Aufgabe gescheitert sei und daß sein Leben keinen Sinn mehr habe. Man kann auch sagen, daß er sich schämte, von Gott in diesem Zustand gesehen zu werden. Er wußte nicht, wo er sein Gesicht vor Scham verbergen sollte. Während er hinaus aufs Meer blickte, sah er einen gewaltigen weißen Körper in der Ferne auftauchen. Er hätte ihn für ein großes Schiff halten können, hätte er nicht gesehen, daß er nach einer Weile untertauchte. Er begriff, aufgrund seiner langen Erfahrung an den Meeresküsten, daß es sich um einen gewaltigen Wal handelte. Er wünschte von Herzen, daß der Wal sich nähern, seinen Rachen aufsperren und ihn verschlingen möge. Er nahm die Gelegenheit wahr, daß ein Schiff am Ufer lag, dessen Matrosen gerade auf Fischfang ausfahren wollten, und stieg mit ihnen ein. Auf hoher See sahen sie den Wal sich nähern. Das Schiff tanzte auf den Wellen wie eine Feder. Jonas fand die Gelegenheit günstig, um einen Wunsch zu verwirklichen, und so sprang er vom Schiff ins Wasser. In diesem Augenblick sperrte der Wal sein gewaltiges Maul auf, und Jonas stürzte sich schnell hinein.«

Um zu zeigen, daß ich seiner Rede folgte, und um ein Unglück, das mich jeden Augenblick treffen konnte, zu verhindern, warf ich ein: »Sie sagten, Exzellenz, daß er sich selbst ins Maul des Wals stürzte?«

In kindlicher Begeisterung sagte er: »Richtig, genau wie du sagst. Die Meinungen gehen aber auch darüber auseinander, was er im Bauch des Wals getan habe. Was glaubst du, was er dort tat?«

Ich unterdrückte mein Lachen: »Was konnte er dort tun, mein Herr? Gesetzt, daß der Bissen im Bauch überhaupt etwas tun kann.«

Er schüttelte mitleidig den Kopf. »Du irrst dich«, fuhr er fort. »Wie alle wissen, blieb er darin drei Tage und drei Nächte am Leben. Was hat er im Bauch getan? Das ist der entscheidende Punkt, an dem sich die Geister scheiden.«

Er nahm seine verschränkten Arme auseinander, kreuzte sie auf dem Rücken und begann, nach vorne gebeugt, auf und ab zu gehen.

»Manche sagen, daß er, nachdem er in den Bauch gelangt war, sofort nach einer ruhigen Ecke Ausschau hielt, in der er Zuflucht suchen konnte. Es versteht sich, daß er lange Stunden brauchte, bis er dieses entlegene Plätzchen gefunden hatte, lief er doch in der Finsternis umher und stieß gegen verschiedene Fischarten, gegen fliegende Fische, gegen Muschelbänke und Korallenriffe. Auf seinem entlegenen Fleckchen konnte er sich schließlich auf sich selbst besinnen, sich Rechenschaft über sich ablegen und sein Selbst so deutlich sehen, als trüge er es auf seiner Handfläche. Er weinte viel und bat Gott, ihn zu erlösen und ihm zu verzeihen, und vielleicht hat er ihn auch angefleht, ihm seinen Auftrag zu erlassen. Man kann sich aber auch vorstellen, daß er trotz seiner Tränen und Bitten sehr glücklich war, weil er endlich den Platz gefunden hatte, an dem er völlige Ruhe finden konnte vor der Welt, den Menschen und der Geschichte und sogar, wenn man so will, vor dem Himmel und vor Gott selbst. Aber vielleicht gefällt dir diese Ansicht nicht, und so sage ich dir, daß es auch eine andere Partei gibt, die eine andere Meinung vertritt. Was glaubst du selbst?«

»Ich weiß nicht, mein Herr, vielleicht war er müde, hat geschlafen und nichts gespürt«, das sagte ich, während ich insgeheim Gott anflehte, daß ich diese Nacht heil überstehen möge; ich schaute mich nach der Tür oder nach einem Fenster um, durch die ich im Notfall entweichen könnte.

Doch diese Anspielung auf meine Müdigkeit und auf meinen Wunsch zu schlafen war vergeblich. Im Gegenteil, sie steigerte noch seinen Eifer, mir die Ansicht, die ich noch nicht kannte, zu erläutern. »Falsch, falsch! Das ist ein Irrtum, auf den die meisten wie du verfallen, denn Jonas war nicht in einer Situation, die es ihm erlaubt hätte, auch nur für einen Augenblick seine Augen zuzumachen, wenn er auch mit offenen Augen nichts in der Finsternis sehen konnte. Nach der Ansicht mancher Kommentatoren begann er seine Umgebung mit allen seinen Sinnen zu untersuchen. Er verließ sich selbstverständlich vor allem auf seine Hände. Seine erste Sorge war, die Wände des Wals oder seine Decke zu finden, um mit der Beschaffenheit seines Aufenthaltsortes bekannt zu werden.

Als es ihm hoffnungslos erschien, den äußersten Rand des Wals zu finden, ließ er davon ab und bemühte sich, sich mit seiner unmittelbaren Umgebung vertraut zu machen, um sich in ihr zurechtfinden zu können. Selbstverständlich gab es viele Hindernisse, auf die er stieß und die er überwinden oder deren Existenz er zumindest anerkennen und hinnehmen mußte. Raubfische, vor allem Haifische, die ihn im Bauch des Wals kreuzten, waren nicht ohne Gefahr. Er mußte nach einem scharfen Gegenstand suchen, um sich damit zu bewaffnen, doch war nicht es leicht, in jener dunklen, mit allen möglichen Gegenständen angefüllten Welt, etwas derartiges zu finden.

Du hast mich, was durchaus verständlich ist, nicht danach gefragt, was Jonas aß und trank, denn diese Frage ist gewiß sehr oberflächlich. Das Problem war, unter den verschiedenen, im Überfluß vorhandenen toten und lebenden Arten von Nahrungsmitteln, die er mit der bloßen Hand erreichen konnte, zu wählen. Ebenso ist die Frage wo er übernachtete, trivial, denn wie hätte es Mühe machen können, ein weiches, bequemes Bett zu finden, dort, wo es genug Stroh und Holz von den gesunkenen Schiffen im Bauch des Wals gab. Das sind die beiden unterschiedlichen Ansichten über Jonas Leben im Bauch des Wals. Wolltest du aber eine hörenswerte Frage stellen, dann kannst du nach seiner Beziehung zur Außenwelt fragen und wie sie zustande kam. Hier muß ich zugeben, daß die Sache komplizierter wird. Aber wahrscheinlich war es wohl so, daß er – um etwa die Zeit herauszufinden oder frische Luft zu schöpfen, oder um sich zu versichern, daß es bei Sonnenschein draußen noch hell sei – darauf wartete, daß der Wal seinen Rachen gelegentlich aufsperrte (die Zeit zwischen dem einen Aufsperren und dem nächsten konnte Tage, Monate, nach Meinung mancher vielleicht sogar Jahre betragen). Da konnte er einen Blick auf die Außenwelt werfen oder ernsthaft daran denken, den Bauch des Wals zu verlassen, wenn auch dieser Gedanke, wie man weiß, nichts weiter als ein Gedanke blieb.

Was aber den Wal selbst betrifft, so sind die Meinungen so verschieden, daß es verschiedene Schulen gibt, die einander unerbittlich bekämpfen und sich für die eine oder andere Meinung bis zum Blutvergießen ereifern. Manche sagen, daß es ein gewöhnlicher Wal war, wie es ihn in allen Weltmeeren gibt. Andere aber sagen, daß der Wal nur ein Symbol sei und daß Jonas in Wirklichkeit in den Abgründen der Welt lebte, als er sich im Bauch des Wals befand. Wieder andere gehen so weit, zu sagen, daß der Wal Gott selbst sei und daß er Jonas verschlungen habe, nicht etwa, um sich an ihm zu rächen oder um seine Geduld auf die Probe zu stellen oder ihn zu peinigen, sondern weil es etwas Selbstverständliches gewesen sei, das eines Tages geschehen mußte. Er habe ihn nur verschlungen und in seinem Bauch aufgenommen, um ihm auf greifbare Weise zu zeigen, daß auch er wie alle seinesgleichen in einem gewaltigen Wal lebe, dem man nicht entrinnen könne.

Das sind, mein Freund, einige der Ansichten über diesen Gegenstand. Es gibt selbstverständlich noch andere, ins einzelne gehende Meinungen, für die es auch entsprechende Belege und Beweise gibt, die ich dir aber nicht weiter erläutern und auseinandersetzen möchte, um dich nicht länger zu behelligen, denn es scheint, daß du schlafen möchtest und daß ...«

Es scheint, daß ich trotz meiner anhaltenden Gegenwehr eingeschlafen war. Ich fühle eine Hand, die an meinem Oberkörper rüttelte, als wollte sie mich durchbohren. »Jonas! Jonas!«

Ich öffnete meine rotumrandeten Augen und rieb sie lange, bevor ich den Richter erkennen konnte, der sich über mich beugte, als wollte er mein Herzklopfen hören. Er schrie: »Du bist Jonas! Ich habe dir gesagt, du selbst bist Jonas! Jonas im Bauch des Wals!«

Bis heute weiß ich nicht, was ich getan habe. Alles, woran ich mich erinnern kann, ist, daß ich plötzlich einen schrillen Schrei ausstieß, wie den Schrei eines zu Tode Getroffenen, der die Messerspitze in seiner Brust spürt, bevor sie das Herz erreicht. Bevor ich das Bewußtsein verlor, schien es mir, daß die Nachbartüren aufgerissen wurden, daß eilige Schritte die Treppe heraufkamen und daß sich im Zimmer zahlreiche Leute drängten, deren Geschrei und Lärmen den Raum erfüllte, als brüllte ein jeder durch ein Megaphon. Ich will aber nicht verhehlen, daß ich, während ich jetzt im Krankenhaus liege, um von dem Schock geheilt zu werden, immer noch nicht weiß, ob sich dies alles im Hotelzimmer abgespielt hat, ob jener Mann, den ich für den Richter hielt, nicht etwa ein Verrückter war, der in mein Zimmer eingedrungen war, oder ob es sich vielleicht um einen schrecklichen Alptraum handelte, der mich im tiefsten Schlaf überfallen hatte.

Auf jeden Fall bin ich immer noch in Behandlung. Ich denke immer noch daran, den Rechtsanwaltsgehilfen Hassan aufzusuchen, um möglichst ein Entmündigungsverfahren gegen meinen Vater zu veranlassen, der überhaupt nicht mehr an mich, meine Mutter und meine drei Geschwister denkt und der mich, wie er sagte, für immer aus seinem Haus fortgejagt hat.

Hind, die Mahlende

In Lattakieh erzählt man sich folgende Geschichte von einer Frau namens Hind:

Eines Tages brach ihr Mann zur Wallfahrt nach Mekka auf, zu der jeder Muslim nach islamischem Gesetz mindestens einmal im Leben verpflichtet ist. So war er gezwungen, seine Frau für kurze Zeit zu verlassen.

Als Hind nun alleine war, kam ein schwarzer Ghul auf die Terrasse, wo sie Korn mahlte, und wollte sie verschlingen. Es gelang ihr aber, den Dämon zu überreden, zunächst als Vorspeise das gemahlene Korn zu nehmen – und wenn sie mit dem Mahlen fertig sei, mit ihr zu tun, was er wolle.

Der Ghul fand den Vorschlag nicht schlecht, und jedesmal, wenn die Frau etliches Korn zwischen den zwei Mühlsteinen gemahlen hatte, fraß er es.

Während Hind mahlte, sang sie ein Lied, um ihren Nachbarn auf ihre gefährliche Lage aufmerksam zu machen und ihn zu veranlassen, ihr zu Hilfe zu kommen. Sie sang:

»Komm, Nachbar, und sieh dich im Haus um!

Hier ist ein schwarzes Ungeheuer, das mich verschlingen will, mich, Hind, die Mahlende, deine Nachbarin.«

Der Nachbar wurde aufmerksam auf das Tag und Nacht andauernde Geräusch der Mühlsteine und achtete schließlich auf die Worte, die seine Nachbarin nicht müde wurde zu singen. Als er die Aufforderung verstand, kam er sofort zu ihr und befreite sie von dem Ghul, indem er ihn tötete.

Die Mühle

Mein Arbeitseifer verdoppelte sich nach dem Tode von Maher. Ich hatte diesen Menschen, der mich beherbergt und der meinen Hunger getilgt hatte, geliebt. Sein Andenken war mir heilig. Seine Witwe Naguia hätte die Mühle niemals allein besorgen können, und irgendein anderer hätte sicherlich versucht, sie zu bestehlen.

Mit tausend Pfund und einer jungen Braut war Maher aus Bahari zurückgekehrt. Er hatte die verlassene Mühle erworben und sie nach einigen Ausbesserungen wieder in Gang gebracht. Da er nicht schreiben konnte, überließ er mir die Kasse und die Geschäftsbücher.

Es waren zwei Mahlwerke da, doch genügte uns eins, um das Korn und den Mais zu mahlen. Das zweite wurde nur vor Festtagen und religiösen Feiern in Bewegung gesetzt: Heiraten, Wiederkehr des Hadsch und anderes mehr.

Diese Mühle war die einzige im Dorf, und wir hatten nur Kundinnen, denn niemals würde ein Mann sich herablassen, den vollen Maiskorb auf seinem Haupt zu tragen.

Beim Lärm der Motoren und Maschinen und dem Kreischen der Weiber besorgte ich, hinter einem alten Pult sitzend, die Kontenführung. Ich nahm das Geld ein und buchte die Ausgaben in einem kleinen, von Staub und Mehl verschmutzten Heft. Im übrigen paßten meine Kleider und mein Gesicht gut dazu. Maher entlohnte mich mit fünf Pfund monatlich. Ich war glücklich und hielt mich meinen Brüdern gegenüber, die harte Feldarbeit verrichteten, für bevorzugt.

Die Mühle befand sich am Ufer des Nils, und an Markttagen kamen Kundinnen von den Inseln der Umgebung.

Obwohl ich die Abschlußprüfung der Volksschule dreimal nicht bestanden und man mich deshalb aufgegeben hatte, leitete ich die Mühle mit ihren drei Arbeitern auf das beste. Jeden Abend wickelte ich die wenigen Noten, die Silberstücke und die vielen Piaster in ein Taschentuch und brachte sie Naguia. Immer wenn sie mich empfing, bedeckte sie ihr Gesicht mit einem Schleier. Übrigens zeigte sie sich keinem Mann unverschleiert. Sie hatte die Gewohnheit der Frauen vom Said angenommen, die Gesicht und Haupt mit einem schwarzen Schleier verhüllen und die einen Zipfel davon zwischen den Zähnen halten, um ihn nicht zu verlieren. Ich kannte Naguia seit sechs Jahren, doch hatte ich sie nie ohne Schleier gesehen ... Es wurde viel von ihrer Schönheit gesprochen. Nach jedem Arbeitstag begab ich mich zu ihrem Wohnhaus, trat ein und setzte mich in einen Winkel. Sie kam aus ihrem Zimmer herunter und blieb in der Dunkelheit stehen. Ohne die Augen zu erheben, überreichte ich ihr das Taschentuch. Während der ersten Wochen nach dem Tod ihres Mannes weinte sie beim Empfang des Geldes. Dann versuchte ich, sie mit einigen ermutigenden Worten zu beruhigen. Doch sie antwortete nie. Ich hörte einige Seufzer und erspähte ein kleines Taschentuch, mit dem sie wohl ihre Tränen trocknete. Da ich bei dieser Gelegenheit immer saß, konnte ich den Saum ihres langen schwarzen Gewandes und die kleinen Füße in den Pantoffeln erblicken.

Ich war dermaßen gewöhnt, den Kopf geneigt zu halten, daß ich nicht einmal beim Spielen mit ihrem ältesten Sohn Abdel Fattah die Augen hob.

Nach dem Tod Mahers beabsichtigte sie, die Mühle zu verkaufen, um mit den Kleinen zu ihren Eltern nach Mansura zurückzukehren. Ich machte sie darauf aufmerksam, daß ihre Kinder sich dort fremd fühlen würden, und unterließ nicht, hinzuzufügen, daß Abdel Fattah später das Werk seines Vaters weiterführen und zur Blüte bringen solle. Da der Gewinn nicht kleiner wurde, entschloß sie sich, zu bleiben und selbst die Leitung über die Mühle in die Hand zu nehmen. So nahm sie mir gegenüber Platz. Gesicht und Haupt blieben vom Schleier bedeckt.

Da die Lasten, die zur Mühle getragen wurden, für die alten Frauen zu schwer waren, hatten wir fast nur junge Kundinnen. Wenn sie kamen, ließen sie sich im Hof in die Knie nieder und stellten den Korb vor sich hin. Oft gab es fröhliches Lachen und Schwatzen, manchmal wieder verharrten sie schweigend. Ich war nun fünfundzwanzig Jahre alt und dachte wie jeder Bursche im Dorf ans Heiraten. Am liebsten sah ich Naima, die Tochter des Schiffers Gahab. Da ihr Vater kein Bauer war, hatte sie auch keine Feldarbeit zu verrichten. Sollte ich später eine Mühle in der Stadt kaufen – denn dies war der Traum, den ich verwirklichen wollte –, so würde sie ohne Schwierigkeiten mit mir ziehen. Ich hatte die dreißig Pfund, die ich für die Heirat zu bezahlen hatte, schon fast beisammen.

Dieser Gedanke beherrschte mich völlig.

Abdel Hakim, der ältere Bruder von Maher, erschien, um Naguia zu heiraten. Sie wies ihn entschieden zurück, nicht etwa, weil er bereits verheiratet war, sondern weil sein einziger Wunsch der Besitz der Mühle war.

Naguia hatte volles Vertrauen zu mir. Ich hatte alles in der Hand, und sie fällte keine Entscheidung ohne meinen Rat. Sie verbrachte den ganzen Tag in der Mühle, und ich sah nun mehr als Füße und Pantoffeln, ich sah sie ganz ... in Schwarz ... Es war nicht mehr das Treppengeländer, das uns trennte, es war etwas anderes ... etwas Unaussprechbares ... Unsichtbares ... Die Augen in ihrem Gesicht konnte ich nie sehen ... grüne Augen ... und die Bewegungen der Lippen hinter dem Schleier.

In diesem kleinen Dorf gab es zwei Kaffeehäuser, in denen sich abends nach des Tages Arbeit die Männer trafen. Ich selber ging niemals dorthin. Ich zog es vor, am Nilufer mit den braven Schiffersleuten zusammenzukommen, die die Fellukabs vor Anker legten, um ihre Familien zu besuchen und neue Vorräte vor der Weiterreise nach Kairo oder Assuan einzuladen. Diese Schiffe beförderten Baumwollballen oder Getreide, und sie wurden immer aufs äußerste belastet. Sie sanken unter der Last so tief, daß zwischen dem Bootsrand und dem Wasser kaum einige Zentimeter Zwischenraum blieben. Mein größtes Vergnügen war es, hinter der nächstgelegenen Barke hinunterzusteigen, meine Ärmel hochzukrempeln und mir in der Nähe des Steuerruders mein Gesicht zu waschen. Manchmal zog ich mich auch ganz aus und genoß das wohltuende warme Wasser. Nachher trocknete ich mich im Abendwind. Dann zog ich mich wieder an, betete und setzte mich zu Hamadan und den anderen Schiffern, die ich dort kennengelernt hatte. Ihr Leben bestand darin, den Nil hinauf- und hinunterzufahren. Das gefiel mir an ihnen. Ich liebte sie und beneidete sie ein wenig. Ich war gern mit ihnen zusammen, und oft verbrachte ich die ganze Nacht mit ihnen unter dem freien Himmel. Während ich so ausgestreckt dalag, die Augen zu den leuchtenden Sternen erhoben, fühlte ich ein leichtes Schaukeln wie in einem Boot und glaubte, mir zur Seite Naguia mit ihren drei Kindern zu spüren. Alle Möbel, sogar der Zni, waren da, und wir fuhren in Richtung Kairo ... Wie kam ich auf solche Gedanken? Müßte ich mir nicht eher Naima neben mir vorstellen?

Eines Abends, es war Viertelmond, saß ich in der Dämmerung wie üblich mit einigen Schiffern zusammen, als wir von weitem etwas Schwarzes auf uns zuschwimmen und dann gegen eine Barke stoßen sahen. Einer der Männer zog das Ding heraus: Es war ein erwürgtes Mädchen aus dem Dorf, Zahira. Die Dorfbewohner behaupteten später, die Eltern Zahiras hätten das Mädchen in unserer Mühle erwürgt und es dann in den Fluß geworfen. Sie glaubten sogar, die Schmerzensschreie des von ihren Eltern gequälten Mädchens gehört zu haben, besonders, nachdem die Untersuchung die Unschuld und Reinheit des Mädchens bestätigt hatte. So drehte ich in der Mühle jeden Abend, wenn ich ging, den Schlüssel im Schloß zweimal um, der Wächter mußte die ganze Nacht wachen.

Kurz nach diesem Vorfall sprang am Mahlwerk der Mühle ein Kolben, so daß der am Motor beschäftigte Arbeiter an der Hand schwer verletzt wurde. Abdel Mawgoud fiel vom Mühlendach, was ihn das Leben hätte kosten können. Die unglücklichen Ereignisse rissen nicht ab.

Da die Mühle nun zehn aufeinanderfolgende Tage ruhte, die Phantasie der Dorfbewohner aber weiterarbeitete, begannen sich Märchen und Legenden um den Geist Zahiras zu bilden. Kein Mensch ging abends zum Mühlbach, sogar der Nachtwächter gab seine Stelle auf. Als das eintönige Geklapper der Mühle wieder zu hören war, hatte sich die Hälfte unserer Kundinnen verlaufen. Mit aller Kraft kämpfte ich gegen den Aberglauben. Aber die Frauen zogen nun lieber in weit entfernte Dörfer, als daß sie unsere verhexte Mühle besucht hätten.

Die Einnahmen wurden geringer. Woche um Woche gab es neue Arbeitspausen, neue Instandsetzungsarbeiten. Die Kundinnen wurden immer seltener. Wir nahmen täglich nur noch einige Piaster ein. Naguias Ersparnisse schrumpften zusammen, die Arbeiter verließen uns einer nach dem anderen. So versuchte ich, ihre Posten auszufüllen, und als ich ganz allein war, besorgte ich sämtliche Arbeiten. Ich wollte nicht, daß die Mühle für immer stillstünde ...

Müde sagte Naguia eines Tages zu mir: »Ich bin entschlossen, diese Unglücksmühle zu verkaufen.« Ich erklärte, daß sie im derzeitigen Zustand nicht viel dafür bekommen würde. Doch sie gab zurück: »Die Kinder haben nichts mehr zu essen.« Ich war erschüttert, und ohne Zögern gab ich ihr die dreißig Pfund, die ich für die Verlobung mit Naima aufgespart hatte. »Was tust du?« rief sie aus. »Dies sind ja deine Ersparnisse, die Frucht deiner langjährigen, harten Arbeit ... Seit Monaten hast du keinen Lohn mehr erhalten! Niemals werde ich das annehmen.« »Wenn Sie es nicht tun, dann werde ich sehr weit weggehen von hier.« Sie hob die Augen zu mir auf. Wie schön sie war! –

»Weggehen, wohin? Ich kann nicht eine Stunde fern von dir leben.« Und plötzlich, als sähe sie mich zum erstenmal: »Du bist ja groß, du bist ein Mann geworden. Warum heiratest du nicht?« – »Ja, ich will ja heiraten.« – »Wen denn?«

Warum antwortete ich nicht: Naima, die Tochter des Gahal? In dieser Sekunde war sie weit weg von mir, und ich sagte mechanisch: »Irgendwen, jemand, der mich glücklich macht.« – »Man sagt, daß Om Tawhida einige Ersparnisse hat; hoffentlich ist nicht sie es…« – »Warum nicht? Ihr Geld könnte uns sehr nützlich werden.« – »Nein«, sagte sie freundlich, »du würdest mich erzürnen…«

Sie setzte sich auf die Treppenstufe, um den überbrachten Geldbetrag zu zählen. Mit gesenkten Augen saß ich vor ihr auf dem Boden. Dann blickte ich auf und sah ihre unbekleideten Fesseln, sie trug keinen »Kholkhal«. Unter ihrem Trauerkleid trat ein Stück blauen Hemdenstoffes hervor, und aus den Kurven ließen sich alle Rundungen ihres Körpers ahnen… Ungezwungen saß ich da. Mein Herz begann heftig zu klopfen, sehr heftig. Mit einer süßen Stimme, wie ich sie zum erstenmal hörte, sagte sie: »Es sind dreißig Pfund, für deine Verlobung bestimmt. Warum willst du, daß ich sie annehme?« – »Der Betrag gehört Ihnen.« »Ich nehme sie an, doch denke nicht an Om Tawhida.« Während sie diese Worte sprach, blickte sie mir tief in die Augen. Wie verführerisch waren sie!

Ich hatte das Gefühl, daß die Mauer, die uns trennte, für immer zusammenstürzte. Von diesem Augenblick an beherrschte sie meinen Leib und meine Seele.

Das Pech verfolgte uns weiterhin. Das Triebwerk der Mühle wollte nicht laufen, und der Aberglaube der Leute ließ nicht nach. Täglich erfanden sie neue Märchen vom Geist der Zahira, der ihrer Meinung nach in der Mühle hause. Eines Tages hörte ich, wie ein Dorfbewohner folgenden Traum verbreitete: »Diese Nacht sah ich den Geist Zahiras als rasenden Hund, der sich in einen Wolf verwandelte und dann in eine blutrünstige Hyäne…«

Ich konnte mich nicht beherrschen und schlug dem Trottel ins Gesicht. Man brachte uns zur Polizei, wo ich drei Tage lang festgehalten wurde. Bei meiner Entlassung erfuhr ich durch Hassanein, daß Naguia zum Kism gegangen sei und meine Freilassung veranlaßt hätte. Ich wurde zornig. Ich ging zu ihr, öffnete die Tür mit einem Fußtritt, trat ein und schrie: »Du warst auf der Polizei?« – »Ja, Scheich Refaat und Abdel Fattah begleiteten mich.« – »Aber warum?« schrie ich voller Zorn. »Bei uns gehen die Frauen nicht allein aus und vor allem nicht zur Polizei!« »Du hast mir nichts zu befehlen!« Ich verlor alle Selbstbeherrschung und gab ihr Ohrfeigen. Ich vergaß völlig, daß ich ihr Angestellter war. Sie antwortete nicht und begann zu weinen.

Nach diesem Vorfall erwartete ich meine Entlassung, doch nichts ereignete sich. Um zu büßen, arbeitete ich ununterbrochen, und wirklich, die Mühle begann wieder zu laufen. Nach und nach kamen unsere Kundinnen zurück; der Hof wurde zu klein, um alle aufzunehmen.

In Naguias und in meinem Herzen brannte das Feuer... Die Heirat vereinte uns, und das Feuer erlosch nicht, sondern glühte weiter. Am Tage nach unserer Hochzeitsnacht lief auch das zweite Mahlwerk.

Ein neues, glückliches Leben lag vor uns...

Der Lehrer der Dschinne

Der Scheich Abu Yaqub Yussuf at-Tefrisi unterwies in seiner Moschee sowohl die Menschen als auch die Dschinne in der heiligen Lehre. Seine Jünger konnten die Stimmen der Geister deutlich vernehmen. Doch daß diese sich dem Meister in einer ihrer Erscheinungsformen zeigen würden, wurde von allen bestritten.

Eines Tages, als der Scheich mit seinen Schülern in dem »Heiligen Buch« las, glitt eine riesige Schlange durch die geöffnete Tür der Moschee. Erschreckt flohen die Studenten in alle Richtungen.

Doch der Meister beruhigte sie und sprach: »Laßt sie ruhig hereinkommen!«

Die Schlange näherte sich und überreichte dem Scheich einen Brief, den sie in ihrem Mund hielt. Der Scheich bat seine Studenten um Feder und Tinte, schrieb einige Worte auf den Brief und gab ihn der Schlange unter den erstaunten Blicken aller zurück. Die Schlange entfernte sich, nachdem sie sich vor dem Meister eingerollt hatte, um seinen Segen zu erflehen; dann kehrte sie zurück, woher sie gekommen war.

Da baten die Schüler den Scheich: »Meister, erkläre uns diesen merkwürdigen Vorfall, dessen Zeuge wir waren und wovon wir noch nie jemanden haben reden hören!«

Der Scheich erwiderte: »Die Schlange, die ihr saht, war ein Bote, den mir eine Gruppe von Dschinnen aus dem Irak schickte mit einer Frage bezüglich der heiligen Lehre, auf die ich geantwortet habe.«

Wandernde Komödianten

Sie kamen durch die Tür und stellten sich in einem Halbkreis vor den Soldaten des französischen Postens auf. Sie waren eine Gruppe von zehn Komödianten aus der Stadt Haid Hassan, wo die violetten Gipfel der Salzberge in den Himmel ragen.

Ihre Gruppe bestand aus einem Tamtamspieler, einigen Kindern, mehreren Affen, einem Flötenspieler und einem Blinden, der auf einem räudigen Eselchen ritt. Sie erfüllten sogleich die Station mit ihrer Musik und ihren Gesängen. Beim Anblick des Tamtam wurden die Soldaten von Erinnerungen an gesellige Abende im Senegal heimgesucht.

Der Zauber ihrer Träume wurde durch ein plötzliches Schweigen unterbrochen, mit dem die Komödianten die Offiziere begrüßten, die gerade den Raum betraten, um sich zu ihnen zu gesellen. Mit zackiger Bewegung standen die Soldaten auf und grüßten die Offiziere, indem sie ihre Rechte an ihrer Mütze hielten. Ihr Chef, ein Hauptmann, lud sie ein, Platz zu nehmen und setzte sich leutselig lächelnd zu ihnen.

»Zeig uns deine Kunst!« forderte er den Tamtamspieler auf, einen Araber mit Samtaugen, der seinen Bart wie einen Sturmriemen als schmales Band um das Kinn trug. Er gab ein Zeichen, und während er auf dem Tamtam spielte, besang der Blinde den Krieg. Zunächst war es nur ein unverständliches Murmeln. Dann beschleunigte sich das Tempo der Musik, und seine Stimme wurde immer lauter.

Er sang von langen Märschen, von Schützenfeuern und Schießereien und berichtete schließlich von einem Sturmangriff. Inmitten der bestürzenden, schreckensvollen Visionen, die der begabte Tamtamspieler in den Zuhörern hervorzurufen verstand, mimte der Blinde wilde Beschimpfungen und Beleidigungen, die unvermittelt in lautes Jubelgeschrei und frohen Siegestaumel umschlugen.

Dann inszenierte die Gruppe – untermalt von den Rhythmen des Tamtamspielers – einen Überfall auf ein Lager. Schweigend krochen sie wie Reptilien über den harten Boden. Das Klopfen des Tamtam begleitete ihr Keuchen und Schnaufen, ihre rasende Wut und ihre tolle Freude. Der Flötenspieler spielte mit geschlossenen Augen die alten Weisen der blutigen Vergangenheit Marokkos. Vier Kinder turnten wie Akrobaten und verrenkten sich, bald gelassen und heiter, bald mürrisch und griesgrämig. Die Affen sprangen verwirrt herum, und inmitten dieser bewegten Szene saß der Blinde mit übereinandergeschlagenen Beinen und blickte mit seinen weißen Augen gen Himmel.

Der Abendhimmel war blutrot. Aus der Ferne hörte man das Gebell von Hunden, dann wurde es wieder ruhig, und man vernahm nichts als das Atmen der zweihundert Männer, die erstaunt und ergriffen das Geschehen verfolgten. Nun begann der Blinde, die Epoche der Raubritter und Plünderer zu vergegenwärtigen. Vor seinen gespannten Zuhörern ließ er die Minarette erstehen, deren Spitzen von blutüberströmten Köpfen gekrönt waren. Dann erzählte er von einem Abenteuer der Barbaresken. Sie waren mit einer kostbaren Beute von der Küste zurückgekehrt, mit einer jungen Christin, die sie nach einem Schiffbruch in der Nähe von Salé gefangengenommen hatten.

Er beschrieb die junge Frau mit den Worten und Bildern eines Dichters, indem er ihre Gestalt in die Luft malte. Dann erzählte er, wie sie in den Harem eines Scheichs eingeschlossen wurde. Feinfühlend beschrieb er die Qualen der jungen Frau, die zu einer Sklavin geworden war. Während das Tamtam nur noch ganz gedämpft erklang und die Abenddämmerung der Nacht Platz machte, sang der Blinde von ihrer tragischen Flucht. Ihr war es gelungen, dem Harem zu entkommen, aber erschöpft von den Entbehrungen und aufgezehrt von der brennenden Sonne, konnte sie nicht mehr weit gehen.

Alle hörten dem blinden Sänger ergriffen zu. Da deutete er mit seiner Hand auf etwas und sagte: »Hier starb sie! Genau an diesem Platz, wo sich dein Posten befindet, Hauptmann!«

Der Hauptmann zuckte zusammen.

»Sag mir den Namen deines Postens auf arabisch«, forderte ihn der Blinde auf.

»Tissili n'roumit!« antwortete der Hauptmann.

»Das bedeutet in deiner Sprache: der Stein der Christin«, erklärte der Blinde. »Der Stein war damals noch eine Mauer, und ein Teil der Mauer existiert bis heute.«[1]

Die Männer schauten alle wie gebannt auf den Rest einer alten Mauer aus weichen löchrigen Steinen.

»Nicht wahr, ihr müßt zugeben, daß sie noch existiert«, fuhr der

---

[1] authentisch

Blinde fort, »und sie wird bis ans Ende der Tage existieren. So steht es geschrieben! Als sie starb, weissagte nämlich ein Marabout, daß nach vielen Jahrzehnten Christen an diesen Ort zurückkehren werden. Darum hat Morhand jeden Widerstand für unnötig erachtet, als ihr mit euren Gewehren und Kanonen hierher kamt, denn er wußte, daß sich die Weissagung erfüllen mußte.

Doch hör zu, Hauptmann! Es gibt noch eine andere Weissagung, die ich dir bis jetzt vorenthalten habe ...«

Das Tamtam unterbrach ihn mit einem langen Trommelwirbel, der die Soldaten hochfahren ließ. Die Dämmerung hatte sich hinter die Mauerzinnen entfernt.

»Sie wird eines Tages wiederkommen!«

»Wer?«

»Die Christin!«

»Du redest töricht, alter Zauberer!«

»Mach dich nicht lustig über uns, Hauptmann! Dieses Land hat noch Geister und Tote, die zurückkommen, wohlwollende und unheilbringende Dschinnen, und sie leben mitten unter uns. Glaub es mir, Hauptmann, und respektiere sie. Und was die Weissagung des Marabout betrifft, so besagt sie, daß ›sie‹ zurückkommen wird und den Christen erscheinen wird, jedesmal wenn diese von einer Gefahr bedroht werden.

Warst du nun zufrieden mit mir, so möge deine Gabe großzügig sein«! Dies sagte er, erhob sich und begab sich tastend an seinen Platz, wo sein Esel vor sich hinschlief. Die Münzen fielen in das umgedrehte Tamtam; dann sammelte sich die Gruppe der Komödianten und verließ den Posten.

Die ersten Sterne erschienen am Himmel, und ein jeder zog sich in seine Baracke zurück. Da hörte man plötzlich einen der senegalesischen Wachposten schreien: »Halt, stehen bleiben!«

Ein Schuß folgte, der die Stille der Nacht durchbohrte. Die Soldaten rannten in den Hof und stürzten an die Schießscharten. »Was war los?« fragte man den senegalesischen Wachposten, der den Schuß abgegeben hatte.

»Da war eine weiße Frau, ging auf und ab«, antwortete er.

»Du bist betrunken!« schrie ihn der Hauptmann an.

»Ich nicht betrunken, ich sehen weiße Frau!« erwiderte er, und ein anderer Wachposten bestätigte seine Aussage. Eine ausgesandte Patrouille kehrte unverrichteter Dinge zurück.

Die Wachposten wurden ausgewechselt, die Nacht verdichtete sich, und die Zeit verging.

Plötzlich wurden wieder alle durch einen Schuß alarmiert. Der neue Wachposten antwortete auf die Frage des Hauptmanns: »Ich sah jemanden an den Wall kommen, eine Frau in weißem Gewand.«

»Blödsinn, der Blinde hat euch alle verhext«, ärgerte sich der Hauptmann.

Wieder wird eine Patrouille ausgeschickt; und wieder kommt sie ergebnislos zurück.

Gegen Morgen ging ein leichtes Zittern durch die Alarmglokken. Den Hals gereckt und das Gewehr schußbereit verdoppelten die Wachposten ihre Aufmerksamkeit. Aber es war nur ein leichter Wind, dessen frische Brise die Alarmglocken fast unmerkbar bewegte, zu einem ganz leisen, verhaltenen Geräusch... wie einem Rascheln, einem Säuseln...

Da erklang es plötzlich wie ein Heulen und Tosen des Sturmes. Wilde Schläge auf dem Tamtam wurden hörbar, die den Rhythmen glichen, mit denen die Komödianten den Überfall auf ein Lager inszeniert hatten. Ihr Echo hallte von allen Seiten. Schüsse prallten an die Mauer, und die Zinnen hoben sich vom roten Schein der Flammen ab.

»Die Schleus[1]... die Schleus...« riefen die Offiziere.

Dank der Ereignisse dieser Nacht sind die Soldaten des Postens sofort zur Verteidigung bereit. Auf beiden Seiten wird mit angespannten Nerven gekämpft. Als der Tag anbricht, sind die Angreifer unter großen Verlusten zurückgeschlagen. Überall vor der Befestigungsmauer liegen scharenweise die Toten der Schleus.

Eine seltsame Ergriffenheit erfaßt die Offiziere, denn jetzt erinnern sie sich an die Erzählung des Blinden. Die Magie dieses Landes bemächtigt sich ihrer Vorstellungswelt. Jeder von ihnen hat die Worte des blinden Zauberers noch in den Ohren, doch keiner wagt es, von der Christin zu sprechen, die zurückgekehrt ist, um sie zu warnen und zu retten. Aber aus ihren Herzen steigt ein gläubiges Gebet der Dankbarkeit.

---

[1] berberischer Stamm in Marokko

Das Geheimnis der Pyramide

Nachdem die Pyramiden geöffnet worden waren, kamen viele Jahre lang Neugierige aus aller Welt, um die Grabkammern zu sehen. Von den zahlreichen Besuchern, die sie betraten, kamen die einen unverletzt und ohne Schaden wieder ans Tageslicht, während die anderen auf unerklärliche Weise in ihr den Tod fanden.

Eines Tages schwor sich eine Gruppe junger, mutiger Männer – es waren mehr als zwanzig an der Zahl – bis ins Innerste der Pyramiden vorzudringen, um ihr Geheimnis zu erkunden. Sie hatten für zwei Monate Proviant in ihrem Gepäck und außerdem Kerzen und Laternen, Dochte und Öl, Eisenstäbe und -platten, Beile, Hippen und andere Schlaginstrumente für ihre Expedition. So gerüstet betraten sie die Pyramide.

Beim ersten Schacht rutschten die meisten von ihnen hinab und befanden sich nach kurzer Zeit auf dem Boden der Pyramide, wo Scharen von adlergroßen, kahlen Mäusen ihnen mit ihren langen Schwänzen heftig ins Gesicht schlugen. Doch sie ertrugen diese Anfechtungen geduldig und arbeiteten sich vorwärts, bis sie einen langen, schmalen Flur erreichten, aus dem ein heftiger, eisiger Wind blies, von dem sie weder wußten, woher er kam, noch wohin er ging. Als sie sich näherten, erloschen ihre Kerzen sofort, und sie mußten ihre Laternen hervorholen. Bei genauerer Untersuchung stellten sie fest, daß dieser Tunnel endlos war und immer enger wurde.

Da sagte einer von ihnen: »Bindet mir ein Seil um die Taille, und ich werde versuchen, das andere Ende zu erreichen, unter der Bedingung, daß ihr mich sofort zu euch zurückzieht, wenn mir etwas passieren sollte, und ich um Hilfe rufe.

Am Anfang des Tunnels standen große steinerne Behälter mit schweren Deckeln aus Stein. Hier hatten Generationen ihre Toten begraben und, um an die Schätze und Reichtümer zu gelangen, die ihnen auf die Reise ins Jenseits mitgegeben wurden, mußte man bis ans Ende des Tunnels vordringen.

Wie vereinbart banden die jungen Männer ein Seil um die Taille ihres Kameraden, und dieser versuchte, an das Ende des schmalen dunklen Korridors zu gelangen. Aber der Schacht schloß sich hinter ihm, und die Zurückgebliebenen vernahmen das Zerschmettern und Zermalmen von Knochen. Ergebnislos zogen sie mit vereinten Kräften an dem Seil, doch es gelang ihnen nicht, ihren Kameraden zurückzuholen. Da drang aus dem Innersten der Pyramide eine furchterregende Stimme an ihre Ohren, die sie so sehr erschreckte, daß sie alle ohnmächtig wurden.

Nach einiger Zeit kamen sie wieder zu sich und hatten nur den einen Wunsch, die Pyramide zu verlassen.

Nach vielen Anfechtungen und Mühen erreichten es einige von ihnen schließlich, wieder ans Tageslicht zu gelangen, während die anderen auf dem mühsamen Rückweg umkamen, weil sie abgerutscht waren und von Erde und Gestein verschüttet wurden.

Die Überlebenden der gescheiterten Expedition setzten sich im Kreis vor die Pyramide hin und dachten darüber nach, was sie erlebt hatten.

Da geschah es, daß sich die Erde öffnete und ihren toten Freund hervorbrachte, der unbeweglich vor ihnen liegen blieb. Nach zwei Stunden begann er, sich zu bewegen, und er redete zu ihnen in einer Sprache, die niemand verstand, denn es war kein Arabisch.

Als später ein Bewohner Oberägyptens zu ihnen kam, übersetzte er die Worte ihres Kameraden, welche besagten:

»Das ist die Belohnung derer, die sich anzueignen versuchen, was ihnen nicht gehört!«

Nach diesen Worten erschien ihnen ihr Freund tot wie zuvor, und sie begruben ihn am gleichen Ort.

Der Herrscher des Landes ließ die jungen Leute zu sich kommen, nachdem er von ihren Abenteuern gehört hatte, und sie mußten ihm alles berichten, was ihnen widerfahren war; und es erschien ihm merkwürdig und staunenswert.

Der Totengräber

Im Tale des Todes, das gepflastert ist mit Knochen und Toten-schädeln, ging ich einsam spazieren, in einer Nacht, deren Sterne von Wolken verhüllt waren und deren Stille angefüllt war von Schrecken.

Am Ufer eines Flusses von Blut und Tränen, der einer gefleckten Schlange gleichend dahinfloß, hielt ich inne und lauschte dem Flüstern der Geister und heftete meine Augen auf das Unend-liche. Als um Mitternacht die Dschinne aus ihren Höhlen und anderen Verstecken hervorkamen, vernahm ich schwere Schrit-te, die sich mir näherten. Ich drehte mich um und sah einen furchterregenden Dämon von riesiger Statur, der vor mir stand.

Entsetzt schrie ich ihn an: »Was willst du von mir?«

Der Dämon starrte mich mit seinen phosphoreszierenden Augen an, die wie zwei Fackeln leuchteten und entgegnete mir: »Ich will nichts und ich will alles!«

»Laß mich in Ruhe und geh deines Weges!« flehte ich ihn an. Er lachte schallend und sagte: »Mein Weg ist dein Weg! Ich gehe dahin, wohin du auch gehst; und ich raste da, wo du rastest.«

»Ich kam hierher, um die Einsamkeit zu suchen; darum laß mich allein«, verlangte ich.

»Ich bin die Einsamkeit«, erwiderte er, »warum fürchtest du mich?«

»Ich fürchte dich nicht!«

»Aber wenn du keine Angst hast, warum zitterst du dann wie ein Rohr im Wind?«

»Der Wind spielt mit meinen Kleidern, so daß sie sich bewegen und es aussieht, als ob ich zittere.«

Da brach der Dämon in ein Gelächter aus, das dem Brausen des Sturmes glich: »Du bist feige! Du hast Angst vor mir, und du hast Angst, mich zu fürchten. Deine Furcht ist doppelt, und du versuchst, sie hinter einer Lüge zu verbergen, die dünner ist als das Netz von Spinnfäden. Du bringst mich zum Lachen und erzürnst mich.«

Der Dämon setzte sich auf einen Felsen, und gegen meinen Willen blieb ich wie angewurzelt vor ihm stehen. Einen Moment lang, der mir wie tausend Jahre erschien, betrachtete er mich spöttisch, dann fragte er: »Wie heißt du?«

»Mein Name ist Abdallah[1].«

»Wie zahlreich sind die Diener Allahs«, höhnte er; »und wieviel Probleme hat Gott mit ihnen! Willst du dich nicht lieber Meister nennen, Meister des Teufels? So fügst du dem Unglück des Teufels ein neues hinzu.«

»Mein Name ist und bleibt Abdallah«, entgegnete ich. »Es ist ein Name, der mir lieb und teuer ist, denn mein Vater gab ihn mir am Tage meiner Geburt, und ich werde ihn niemals gegen einen anderen eintauschen.«

»Das Unglück der Kinder liegt in der Mitgift der Eltern! Wehe demjenigen, der sich nicht losreißt von den Gaben der Eltern und Vorfahren; er bleibt zeitlebens ein Sklave der Toten, bis er selber ein Teil der Totenwelt wird.«

Ich senkte meinen Kopf, um über seine Worte nachzudenken, und ich fand in meiner Erinnerung Spuren von Träumen und Erkenntnissen, die seine Worte bestätigten.

Da fragte er mich: »Was bist du von Beruf?«

»Ich schreibe Poesie und Prosa. Ich habe mir eine Meinung über das Leben gemacht, die ich den anderen Menschen mitteile.«

»Das ist ein veralteter Beruf, der den Menschen weder nützt noch schadet!«

»Was soll ich denn deiner Meinung nach tun, um den Menschen zu nützen?« erkundigte ich mich.

»Ergreife den Beruf des Totengräbers; so befreist du die Menschen von den Leichen, die sich um Häuser, Tempel und Gerichtshallen stapeln und die dort verwesen.«

»Ich habe noch nie eine Leiche neben einem Haus gesehen«, widersprach ich ihm.

»Du bist ein Poet und betrachtest die Welt mit den Augen der Vorstellung. Wenn du aber die Menschen vor den Stürmen des Lebens zittern sähest, hieltest du sie nicht mehr für lebendig. Du würdest erkennen, daß sie seit ihrer Geburt tot sind. Leider haben sie niemanden gefunden, der sie begräbt, und so blieben sie oberhalb der Erde und verbreiten den Geruch der Verwesung.«

Von dieser Antwort betroffen, fragte ich ihn zögernd: »Wie kann ich zwischen Lebenden und Toten unterscheiden, da doch beide vor dem Sturm zittern?«

---

[1] Der Name heißt übersetzt »Diener Allahs«

Er entgegnete: »Der Tote zittert vor dem Sturm, der Lebendige hingegen läuft von ihm getrieben vorwärts und bleibt stehen, wenn der Sturm aufhört.«

In diesem Moment stützte sich der Dämon auf seinen Ellenbogen, so daß seine kräftigen Muskeln erschienen und sein Arm dem mächtigen Stamm einer Eiche glich, voller Leben und Kraft.

»Bist du verheiratet?« wollte er jetzt von mir wissen.

»Ja, ich bin verheiratet«, antwortete ich. »Meine Frau ist sehr schön, und ich bin in sie verliebt.«

»O, wie zahlreich sind deine Verfehlungen! Weißt du nicht, daß die Ehe eine Sklaverei ist zum Zwecke der Fortpflanzung? Wenn du dich befreien willst, trenne dich von deiner Frau und lebe frei und unabhängig.«

»Aber ich habe drei Kinder«, hielt ich ihm dagegen, »mein Ältester spielt noch mit Murmeln, und der Jüngste kann noch nicht sprechen. Was soll ich mit ihnen machen?«

»Bring ihnen bei, Gräber zu graben. Gib ihnen eine Schaufel, und laß sie frei!«

Ich sagte zu ihm: »Die Kraft habe ich nicht, die Einsamkeit und das Alleinsein zu ertragen. Ich bin jetzt zufrieden mit meiner Frau und meinen Kindern; es macht mich glücklich, für sie zu leben. Wenn ich sie aufgabe, verläßt mich das Glück.«

»Glaub mir«, sagte der Dämon, »dieses Leben zwischen Frau und Kindern ist nichts als ein schwarzes Unglück von einem weißen Tuch bedeckt. Falls du aber nicht auf eine Frau verzichten kannst, so heirate eine Dschinnia!«

»Aber die Dschinnen haben doch keine Realität«, entgegnete ich, »warum willst du mich mit einem Trugbild täuschen?«

»Welch ein Unwissender du bist! Nur die Dschinnen haben eine Realität, und derjenige, der nicht von ihrer Welt ist, gehört der Welt des Zweifels und der Vergänglichkeit an.«

Neugierig fragte ich ihn: »Besitzt eine Dschinnia die gleiche Schönheit und Grazie einer irdischen Frau?«

»Sie haben eine Grazie, die nicht vergeht, und eine Schönheit, die nicht welkt.«

»Zeig mir eine Dschinnia, damit ich davon überzeugt bin«, bat ich ihn.

Er erwiderte: »Wenn das möglich wäre, daß du sie siehst und berührst, so hätte ich dir nicht geraten, sie zu heiraten.«

»Aber wozu ist eine Frau gut, die man weder sehen noch berühren kann?«

»Der Vorteil ist die Abschaffung von Geburt und Tod derjenigen, die vor dem Sturm zittern, statt sich von ihm treiben zu lassen.«

Er wandte sein Gesicht von mir ab; nach kurzer Zeit kehrte er es mir wieder zu und fragte mich: »Welche ist deine Religion?«

Ich antwortete ihm: »Ich glaube an Allah; ich verehre seine Propheten; ich liebe die Tugend und hoffe auf die Ewigkeit.«

»Das sind Worte, die vergangene Jahrhunderte geprägt und zusammengefügt haben!« sagte er verächtlich. »Die Überlieferung hat sie dir in den Mund gelegt, und aus Gewohnheit wiederholst du sie. In Wahrheit glaubst du aber nur an deine eigene Person. Du respektierst und liebst nur dich selbst, gehst deinen eigenen Neigungen nach und erwartest deine eigene Ewigkeit. Von Anfang an liebt der Mensch nur sich selbst, doch gibt er dem Objekt seiner Anbetung immer andere Namen: bald nennt er ihn Baal, bald Jupiter und ein anderes Mal Allah!« Er lachte höhnisch und fuhr fort: »Doch wie seltsam sind diejenigen, die sich selbst anbeten, wo doch ihre Person nur ein verwesender Leichnam ist.«

Ein Augenblick war im Schweigen vergangen, den ich dazu benutzte, über seine Worte nachzudenken, und ich fand darin einen tiefen Sinn, der seltsamer war, als das Leben, schrecklicher als der Tod und unerbittlicher als die Wahrheit. Ich verspürte großes Interesse, seine Geheimnisse zu ergründen und rief ihm zu: »Wenn du einen Gott hast, so flehe ich dich in Seinem Namen an, mir ihn zu nennen!«

»Ich bin mein eigener Gott«, entgegnete er.

»Und wie ist dein Name?«

»Ich bin der tolle Gott.«

»Wo bist du geboren?«

»An jedem Ort.«

»Und wann?«

»Zu jeder Zeit.«

»Von wem hast du die Weisheit erlernt, und wer hat dich in den Geheimnissen des Lebens unterwiesen?«

»Ich bin kein Weiser!« protestierte er. »Die Weisheit ist eine Eigenschaft der Schwachen. Ich aber bin der tolle Gott. Ich gehe, und die Erde bewegt sich unter meinen Schritten. Ich halte, und der Reigen der Sterne hält inne. Ich habe von den Teufeln gelernt, mich über die Menschen lustig zu machen. Ich habe die Geheimnisse des Seins und des Nichts kennengelernt, nachdem ich bei Dschinnenfürsten eingekehrt bin und die Gespenster der Nacht begleitet habe.«

»Aber was machst du in diesem Tal des Todes, und wie verbringst du deine Tage und Nächte?«

»Am Morgen verfluche ich die Sonne, am Mittag die Menschen, und am Abend verwünsche ich die Natur. In der Nacht knie ich mich vor mich selber hin und bete mich an.«

»Was ißt und trinkst du und wo schläfst du?« erkundigte ich mich weiter.

Er erwiderte: »Ich und die Zeit und das Meer, wir schlafen nicht. Wir fressen die Menschen und trinken ihr Blut und versüßen uns die Mahlzeit durch ihr Wehklagen.«

In diesem Moment stellte er sich in seiner ganzen Größe auf, kreuzte seine Arme über seine Brust, blickte mir fest in die Augen und sagte mit seiner gewaltigen, tiefen Stimme: »Auf Wiedersehen! Ich gehe nun dahin, wo sich die Riesen und Ghule treffen.«

Ich rief: »Warte einen Augenblick! Ich habe noch eine Frage.«

Er aber rief zurück, während ein Teil seiner riesigen Gestalt bereits in der Dunkelheit der Nacht verschwunden war: »Der tolle Gott wartet nie und auf niemanden! Adieu!«

Er verschwand vollends in der Dunkelheit und ließ mich beklommen zurück. Auf dem Rückweg hörte ich noch das Echo seiner Stimme zwischen den Felsen: Adieu ... Adieu ...

Am anderen Morgen trennte ich mich von meiner Frau und heiratete eine Tochter der Dschinnen; meinen Kindern gab ich jedem eine Schaufel und forderte sie auf: »Geht, und wenn ihr einen Toten seht, grabt ihn unter die Erde!« Bis jetzt grabe ich unaufhörlich Gräber und begrabe die Toten, aber sie sind zu zahlreich, und niemand hilft mir.

Bibliographie

Herausgeber und Verlag danken den Autoren, lizenzgebenden Verlagen und allen sonstigen Rechteinhabern für ihr freundliches Entgegenkommen bei der Gewährung der Abdruckrechte.
Für einige Autoren waren die Rechteinhaber nicht festzustellen. Hier ist der Fischer Taschenbuch Verlag GmbH, Frankfurt/M., bereit, nach Anforderung rechtmäßige Ansprüche abzugelten.

1. al-Badawi, Mahmud: Die Mühle, Tübingen 1960
   (Buchreihe Geistige Begegnung des Instituts für Auslandsbeziehungen, Ägypten)
2. Basset, René: Mille et un contes; Récits et légendes arabes, Paris 1924
3. Duquaire, H.: Anthologie de la Littérature arabe contemporaine, Paris 1943
4. Gibran, Gibran Chalil: al-'awasif, Kafarschima 1938
5. Kabbani, Sam: Die Taube der Moschee und andere syrische und libanesische Erzählungen, Tübingen 1966
   (Buchreihe Geistige Begegnung des Instituts für Auslandsbeziehungen, Band 15)
6. Katibah, H.I.: Arabian Romances and Folk–Tales, New York 1929
7. Marçais, William: Le Dialecte Arabe parlé à Tlemcen, Alger 1954
8. Mikkawi, 'Abd al–Ghaffar und Yussuf asch–Scharuni: Nachrichten aus Ägypten, Berlin 1977 (Literarisches Colloquium Berlin, Bd. 47)
9. Renaud, Jean et Tahar Essafi: La Sorcière d'Eméraude, Paris 1929
10. Sa'yi, Ahmad Bassam: al–hikayat as–scha'biyat fil–ladiqiya, Damaskus 1974
11. Scelles–Millie, J.: Contes mystérieux d'Afrique du Nord, Paris 1973
12. Stevens, E.S.: Folktales of Iraq, London 1931
13. Taimur, Mahmud: al–hajj schalabi, Kairo 1914
14. Taimur, Mahmud La Vie des Fantômes, Paris 1958

Quellennachweis

Der Geist der Mutter Chalil – (13)
Die Geister von Yabrud – (6)
Ein seltsames Abenteuer in der Kasbah der Oudaia – (9)
Tergou – (7)
Die Taube der Moschee – (5)
Qarina – (12)
Wenn wir mit Geistern leben – (14)
Der Blinde und seine Mandoline – (11)
Sarab – (5)
Eine weiße Frau – (11)
Die smaragdgrüne Zauberin – (9)
Die Frau und ihre schwarze Katze – (3)
Die Frösche – (5)
Ich falle – (11)
Jonas – (8)
Hind die Mahlende – (10)
Die Mühle – (1)
Lehrer der Dschinne – (2)
Wandernde Komödianten – (9)
Das Geheimnis der Pyramide – (3)
Der Totengräber – (4)

Gespenster · Vampire · Dämonen

Chinesische
Gespenstergeschichten
Band 1653

Dämonengeschichten
aus den Alpen
Band 1827

□ Die Hunde der Hölle
Band 1876

■ Die Schrecken der Meere
12 unheimliche Geschichten
Band 1732

Englische
Gespenstergeschichten
Band 666

□ Erzählungen eines
indischen Vampirs
Band 1911

Ewers, Hanns Heinz
Geschichten des Grauens
Band 1789

□ Französische
Gespenstergeschichten
Band 596

Gespenstergeschichten
aus London
Band 2817

■ Gespenstergeschichten
aus Österreich
Band 2814

■ Gespenstergeschichten
aus Polen
Band 1995

■ Gespenstergeschichten
aus Skandinavien
Band 2813

■ Gruselgeschichten
aus dem Orient
Band 2024

Hearn, Lafcadio
Gespenstergeschichten
aus Japan
Band 2807

■ Irische
Gespenstergeschichten
Band 1716

■ Russische
Gespenstergeschichten
Band 426

Sturgeon, Theodore
□ Blutige Küsse
Horror-Roman
Band 1485

□ Schottische
Gespenstergeschichten
Band 1673

□ Gespenstergeschichten
aus Wales
Band 2803

■ Originalausgabe
□ Deutsche Erstausgabe

**Fischer
Taschenbücher**

Die Welt der Märchen

■ **Afrikanische Märchen**
Band 969

■ **Arabische Märchen
aus dem Morgenland**
Band 1987

**Arabische Märchen
aus Nordafrika**
Mit Illustrationen.
Deutsche Erstausgabe
Band 2802

■ **Chinesische Märchen**
Band 1408

**Deutsche Volksmärchen
seit Grimm**
Band 1175

■ **Englische Märchen**
Band 1726

■ **Erotische Märchen
aus Rußland**
Band 1823

**Fetscher, Iring
Wer hat Dornröschen
wachgeküßt?**
Das Märchen-Verwirrbuch
Band 1446

Französische Märchen
Band 1153

■ **Indianermärchen
aus Kanada**
Band 2806

■ **Indianermärchen
aus Nordamerika**
Band 1110

Indische Märchen
Band 1137

■ **Irische Märchen**
Band 1225

■ **Italienische Märchen**
Band 1803

■ **Japanische Märchen**
Band 1469

■ **Jüdische Märchen**
Band 1759

Jugoslawische Märchen
Band 1289

■ **Keltische Märchen**
Band 1593

Koreanische Märchen
Band 1365

■ **Märchen aus Bulgarien**
Band 1918

■ **Märchen aus dem Elsaß**
Mit Illustrationen
Band 2812

Märchen aus Mallorca
Band 1526

Die mit einem ■ gekennzeich-
neten Titel sind Originalaus-
gaben!

Sagen

Altindische Sagen
Hrsg.: Dan Lindholm
Band 1889

Sagen aus Afrika
Hrsg.: Berndt Schulz
Band 2801

Sagen aus Frankreich
Hrsg.: Berndt Schulz
Mit Illustrationen
Band 2808

Sagen aus Irland
Hrsg.: Frederik Hetmann
Band 1959

Sagen aus Island
Hrsg.: Ursula Mackert
Band 1996

Sagen aus Bayern
Hrsg.: Vito von Eichborn
Mit Illustrationen
Band 2815

Sagen aus Österreich
Hrsg.: Hans Darnstädt
Band 2804

**Fischer
Taschenbücher**

Kindergeschichten schön illustriert

FISCHER BOOT

FISCHER BOOT = Phantasie

Spannend und witzig erzählte Taschenbücher für Leser bis zu 13 Jahren, welche die Phantasie anregen und fördern. Ein Gegengewicht zur technisierten und bürokratisierten Welt. Neue Impulse für junge Menschen.
Als erste Titel erscheinen die Kinderromane „König Kupferkopf" von Melchior Schedler, „Tschipo" von Franz Hohler und „Die Stadt im Meer" von Johannes Schenk.

FISCHER BOOT = Information

Sachinformationen über zahlreiche Wissensgebiete. „Erzählende" Sachbücher vermitteln jungen Lesern den Zugang zu historischen, kulturellen und aktuellen politischen Themen. Dies geschieht in einer abwechslungsreichen Mischung aus Biografie, erzählter Geschichte und Dokumentation (Bilder, literarische Texte, Fotos).
Ingrid Zwerenz „Frauen – Die Geschichte des § 218", Wolfgang Körners „Drogen-reader" sowie die Geschichten zum Thema Kunst „Wie der Hase an den Dürer kam" von Heike Kraft sind die ersten erzählenden FISCHER-BOOT-Sachbücher.

FISCHER BOOT = Literatur

Literarische Bücher für junge Leute. Texte, die das literarische Interesse wecken. Die Erzählungen von Ernst Kreuder „Luigi und der grüne Seesack", der Jugendroman „Als Oma Josefine wurde" von Margot Lang, die Kindergeschichten und -gedichte „Himmel und Erde mit Blutwurst" von Karlhans Frank und die Anthologien „Das neue Narrenschiff" und „Nachrichten vom Zustand des Landes" sind Beispiele für diesen Bereich, der jugendgerechte Literatur und keine Sonderliteratur für Jugendliche bringt.

 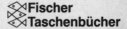

Geschichten von Tieren und Menschen

Sheila Burnford
Die unglaubliche Reise
Zwei Hunde und ein Kater
wandern durch die Wildnis.
Mit Zeichnungen von
Gunter Böhmer
Band 1657

Robert Crottet
Negri
Tagebuch einer Katze
Band 2422

Monica Dickens
Meine Pferde — meine Freude
Band 1703

**Sommer im Haus
am Ende der Welt**
Band 1843

Alice Herdan-Zuckmayer
Das Scheusal
Die Geschichte einer
sonderbaren Erbschaft
Band 1528

Hans Lipinsky-Gottersdorf
Pferdehandel
Geschichten aus alter Zeit
Band 1846

Thomas Mann
Herr und Hund
Ein Idyll
Band 85

C. Northcote Parkinson
**Die listigen Ponies
von Ditchbury**
Ein zauberhaftes Märchen
für kleine und große
Pferdeliebhaber
Band 1802

Gawrijl Trojepolski
Bim Schwarzohr
Band 2413

Ingrid Zwerenz
Von Katzen und Menschen
Erfahrungen
Band 1828

**Fischer
Taschenbücher**

Jules Verne

Werke in 20 Bänden

Der Fischer Taschenbuch Verlag präsentiert seinen Lesern die erste Taschenbuchausgabe der Werke von Jules Verne. Junge Schriftsteller haben das Werk dieses Autors, das am Beginn der modernen Tatsachenliteratur steht, für den Leser unserer Zeit neu übersetzt und eingerichtet.

Reise zum Mittelpunkt der Erde

Fünf Wochen im Ballon

Die Kinder des Kapitäns Grant

Von der Erde zum Mond

Reise um den Mond

20 000 Meilen unter den Meeren

Reise um die Erde in 80 Tagen

Die geheimnisvolle Insel

Der Kurier des Zaren

Die 500 Millionen der Begum

Der Schuß am Kilimandscharo

Der Stahlelefant

Keraban der Starrkopf

Das Karpatenschloß/ Katastrophe im Atlantik

Meister Antifers wunderbare Abenteuer

Zwei Jahre Ferien

Die Jagd nach dem Meteor

Die Propellerinsel

Reise durch das Sonnensystem

Die Eissphinx

FISCHER
TASCHENBÜCHER